Ilka Scheidgen

Der blaue Mann

Du siehst Dinge und fragst:
„Warum?"
Aber ich träume von Dingen,
die es nie gegeben hat, und sage:
„Warum nicht?"

G. B. Shaw

Wir alle wissen, dass wir sterben,
wir alle fühlen, dass wir nicht sterben werden.

Fernando Pessoa

Ilka Scheidgen

Der blaue Mann

Geschichten

zwischen Traum und Wirklichkeit

Mit Zeichnungen

von Heinrich E. Scheidgen

Bibliografische Information der Deutschen Nationalbibliothek:
Die Deutsche Nationalbibliothek verzeichnet diese Publikation in
der Deutschen Nationalbibliografie; detaillierte bibliografische
Daten sind im Internet über http://dnb.dnb.de abrufbar.

TWENTYSIX – Der Self-Publishing-Verlag
Eine Kooperation zwischen der Verlagsgruppe Random House und
BoD – Books on Demand

© 2016 Scheidgen, Ilka

2. Auflage in überarbeiteter Fassung

Herstellung und Verlag:
BoD – Books on Demand, Norderstedt.

ISBN: 9783740725082

© 2016 Ilka Scheidgen für das Autorenfoto
© 2016 Heinrich E. Scheidgen für alle Grafiken

Über dieses Buch: Dieser neue Erzählband von Ilka Scheidgen vereinigt die Erzählungen aus dem Band „Die grüne Frau" sowie verstreut publizierte und neue unveröffentlichte Geschichten.

Die Geschichten handeln vom Einbruch des Irrealen in die Wirklichkeit, von seltsamen Begegnungen, von Liebe, Tod und Einsamkeit, von Vergangenheit, die in die Zukunft hineinspielt und Gegenwart, die durchsichtig zu sein scheint. Nicht von ungefähr urteilt **Martin Walser** über die Erzählungen: „Schön unheimlich sind Ihre Geschichten. Und immer wieder so ernst, dass sie über alles Literarische hinausdrängen."
Es geht auch um die Themen Überleben, Weiterleben, Hoffnung, Trost, wozu der langjährige Herausgeber der „Akzente" **Hans Bender** bemerkte: „Welcher Autor müsste da nicht scheitern? Sie jedoch haben dafür nicht nur Ihren Verstand, Ihre Fassung, sondern vor allem auch Ihre Sprache. Ich nehme an, eine Ihnen angeborene, natürliche Sprache, verschränkt mit der künstlerischen Absicht: kühl zu bleiben, trocken, lakonisch. Eigenschaften, die wir bei den besten short-story-writers bewundern - auch von ihnen gelernt haben."

Die grafische Gestaltung erfolgte wie auch schon bei früheren Bänden von Ilka Scheidgen durch den Künstler Heinrich E. Scheidgen. Jeder der 28 Kurzgeschichten ist eine Zeichnung zugeordnet, die bildnerisch hinführt auf das Geschehen.

Ilka Scheidgen: freie Schriftstellerin und Publizistin. Vierzehn Buchveröffentlichungen. Ilka Scheidgen schreibt Lyrik, Romane, Erzählungen, Essays, Rezensionen und Autorenporträts. Ihr Porträtband „Fünfuhrgespräche" mit Gesprächen u.a. mit den Nobelpreisträgern Günter Grass und Herta Müller fand große Beachtung. Ihre Biografie „Hilde Domin – Dichterin des Den-

noch" liegt bereits in der 6. Auflage vor. Auch über die Schrift-
stellerin Gabriele Wohmann schrieb sie die einzige autorisierte
Biografie „Gabriele Wohmann: Ich muss neugierig bleiben".
Homepage der Autorin: www.ilka-scheidgen.de

Heinrich E. Scheidgen: studierte Kunst an der Kunstakademie
Düsseldorf und präsentiert sein umfangreiches Werk in dem
H.E.S. Privatmuseum.
Homepage des Künstlers: www.hes-privatmuseum.de

Inhaltsverzeichnis

Der Nichts-Pfad

Manchmal musste er laut vor sich hinlachen, wenn er daran dachte, wohin seine Entdeckung geführt hatte. Busladungen nichtssüchtiger Menschen wurden vor den Toren seines Bauernhofes abgeladen. Ehrfürchtig und gemessenen Schrittes pilgerten – ja, es gab kein passenderes Wort für jenen tastenden, hingebungsvollen Gang – ganze Scharen von Nichtssuchern den als Initiationsweg beschriebenen Pfad entlang. Der war von Brennnesseln dicht gesäumt, aber auch dieses Detail gehörte unzweifelhaft zur Vorweihe.

Wie hatte es in dem Prospekt geheißen: Folgen Sie dem Pfad am Bach entlang, überqueren Sie die moosbewachsene Holzbrücke (Vorsicht Rutschgefahr!) zum anderen Ufer und konzentrieren Sie sich nur auf Ihren Weg...

Diese „Gebrauchsanweisung" fand Karl ausgesprochen lächerlich, wenngleich es genauso gewesen war bei ihm, als er zum ersten Mal das Nichts entdeckt hatte. Er hatte seinen tagtäglichen Gang gemacht, hinauf zum Wehr im Fluss, drei Kilometer hin, drei Kilometer zurück. Der Zulauf musste kontrolliert werden. Steine und Äste konnten sich querlegen. Ratten konnten Gänge graben und das Wasser ableiten. Im Herbst bildeten sich richtige Mauern aus Laub. Der Zulauf musste frei sein, die Turbine konnte sonst nicht arbeiten.

Diese tägliche Übung hatte er nun bereits viele Jahre hindurch absolviert. Karl erfüllte sie ohne Hast, ohne Murren, ohne irgendwelche besonderen Gefühle oder Gedanken. Bis zu jenem entscheidenden Tag, an dem in seine gewohnte Welt etwas Ungewöhnliches einbrach. Wie stets völlig gedankenverloren den langen Weg zum Wehr gehend, sah Karl plötzlich vor sich ein Stück Nichts. Er rieb sich die Augen, es blieb dabei. Mitten aus dem Bild vor seinen Augen – das waren die Flusserlen, die knöchelhohen Brennnesseln, die efeuberankten

9

Silberpappeln, der über Steine springende Bach zu seiner Rechten und der Wassergraben, ebenfalls dicht mit Brennnesseln, aber auch vielen anderen wunderschönen Blumen, und der Wassergraben zu seiner Linken – war etwas aus der Landschaft wie mit einer Schere herausgeschnitten.

Zuerst hatte Karl an Nebel gedacht. Fast so war es auch gewesen, als er in dieses Stück Nichts hineintrat: angenehm, konturlos, weich, hell. Nach einer nicht exakt bestimmbaren Zeit hatte er dieses Nichts wieder verlassen, konnte es eigenartigerweise beim Umblicken nicht mehr als solches wahrnehmen.

Karl, den Hund an seiner Seite, erlebte von nun an täglich dasselbe und hatte sich binnen kurzem so sehr an diese Lücke in der Wirklichkeit gewöhnt, dass sie ihm als nichts Außergewöhnliches mehr vorkam. Der Zustand seines Gemüts war durchaus als glücklich zu bezeichnen.

Karl war seit dem Tod seiner Eltern allein auf dem Hof. Die Dörfler hänselten ihn manches Mal, wie es denn mit einer Frau bestellt sei, und die Anverwandten warteten auf ein fettes Erbe. Karl lachte zu allem. Über den Spott und über die Habgier. Doch eines Tages erzählte er in der Wirtschaft von dem Nichts-Loch. Unvorsichtigerweise, wie sich herausstellte. Natürlich hielten sie ihn für einen Spinner. Das wäre aber nicht weiter schlimm gewesen. Schlimm wurde es erst, als einer seiner Neffen, ungeduldig auf das ersehnte Erbe wartend, auf die Idee gekommen war, die Sache mit dem Nichts groß heraus zu posaunen und ein einträgliches Geschäft daraus zu machen.

Dieses Kerlchen hatte sich in der Welt ein bisschen mehr umgesehen als sein Onkel. Und hatte bei der Schilderung des „Nichts-Pfades" sofort seine große Chance gewittert. Das hatte er doch in Seminaren gelernt, hatte sogar unschuldige Passanten mit Pseudofragen „Glauben Sie, dass Sie Ihren Verstand ganz ausnützen?" Bewusstseinserweiterungsprogramme verkauft. Wieviel einfacher lag doch dieser Fall. Wandle auf dem

Pfade des Nichts, und du wirst dich selbst finden. So hatte es ja der Onkel berichtet. Warum sollte man ihn nicht zum weise gewordenen Guru hochstilisieren? Wie nur es ihm schmackhaft machen, jenem Einfältigen ...

Unerwarteter Weise legte Karl ihm gar keine Steine in den Weg, legte keinen Protest gegen den Plan des Neffen ein, Erleuchtungshungrige zu ihm auf seinen Hof zu führen und den von Nesseln gesäumten Pfad entlangschreiten zu lassen, um einmal in ihrem übervollen Leben nichts zu erleben.

Es gelang tatsächlich. Der Neffe unterhielt fortan ein blühendes Geschäft der gehobenen Touristik, weitete es innerhalb kürzester Zeit aus zu Aberdutzenden von Filialen. Und sie kamen in Heerscharen, von nah und fern. Stiegen sie nach durchwanderter Erleuchtungstour wieder in ihren Bus, so wussten die Dorfbewohner von leuchtenden Augen der Nichts-Aspiranten zu berichten. Worauf diese Erscheinung zurückzuführen war, blieb freilich im Dunkeln. Möglich war wohl, dass niemand sich getraute zuzugeben, das Nichts gar nicht erkannt, erlebt, erfahren zu haben.

Nur Karl wusste, wovon er einst die anderen unterrichtet, welches Geheimnis er preisgegeben hatte. Ihm war die Erscheinung treu geblieben. Sie stellte sich ein, wann immer er seinen Gang machte zum Wehr, sommers und winters. Längst hatte er ja begriffen, was sich ereignete in jenem Stück Nichts. Mit Geld war das nicht zu erkaufen, dachte er, lachte still vergnügt und setzte seinen Weg fort – wie jeden Tag.

Postskriptum

Es war nach einer meiner Lesungen, dass ich einen merk-
würdigen Brief erhielt mit folgendem Inhalt: „Nach Teilnahme
an Ihrer Lesung und Versenkung in Ihre Geschichten kann ich
nicht umhin, mir vorzustellen, dass Sie eine 'Hexe' sind. Beides hat mich tagelang so gefangen gehalten, dass ich kaum
davon loskommen konnte. Zu dieser Zeit entstand auch die
Absicht, Ihnen dafür zu danken und Ihnen zu schreiben."

Ein bisschen Kopfschütteln, ein wenig Belustigung löste
diese Nachricht, geschrieben auf einer Karte mit einem üppigen Blumenbukett (leicht kitschig), bei mir aus, bevor ich sie
ablegte unter Leserpost und - vergaß.

Zwei Jahre später erreichte mich der Anruf eines Mannes,
der in einem benachbarten Ort wohnt und den ich nur flüchtig
kannte. Er trat mit der Bitte an mich heran, mir von seiner
kürzlich verstorbenen Frau Gedichte zeigen zu dürfen, die sie
im letzten Jahr vor ihrem Tod geschrieben hatte, als sie bereits
wusste, dass sie an einem inoperablen Carcinom litt und ihre
Lebenszeit nicht mehr lange währen würde.

Ich wollte diesen eindringlich vorgetragenen Wunsch eines
offenbar noch intensiv trauernden Witwers nicht abschlagen
und bat ihn, mir die Gedichte seiner Frau doch vorbeizubrin-
gen. Was mich schon im Vorfeld neugierig machte und auch
beeindruckte, war die Tatsache, dass es nur zehn Gedichte waren, an denen, wie er mir erzählte, seine Frau lange gefeilt und
sie schließlich als fertige Gebilde betrachtet hatte.

Der Mann, nennen wir ihn Herrn Harms, kam schon am
selben Nachmittag, so froh war er offenbar über meine Zusage,
so ungeduldig und gespannt auf meine erste Reaktion. Wie
würde mein Urteil lauten? Würde ich die Gedichte gut finden?
Vorsichtig, beinahe andächtig holte er aus seiner Aktentasche
ein DIN A4-Couvert heraus, aus dem er die zehn Blätter mit

den sorgfältig getippten Gedichten mit zitternden Fingern zog. Er reichte sie mir mit einem Blick, dem noch deutlich die Trauer über die schmerzliche Zeit des Abschiednehmens von seiner Lebenspartnerin anzumerken war.

Natürlich hatte ich nicht vor, ad hoc, bereits nach kurzem Überfliegen der Gedichte ein Urteil abzugeben und bat Herrn Harms, mir diese zu überlassen, damit ich mich in Ruhe damit beschäftigen könne, womit er sofort einverstanden war. Die erste Last und Unruhe schien jetzt von ihm genommen, und er begann von seiner Frau zu erzählen und auch ein wenig von sich selbst. Seltsam, Herr Harms erschien mir sehr verändert. Wie bereits gesagt, kannte ich ihn nicht sehr gut. Bei den wenigen Begegnungen war er mir forsch und selbstsicher vorgekommen, eloquent und extrovertiert. Ob das Miterleben der schweren Krankheit seiner Frau ihn so verwandelt hatte, kam mir in den Sinn. Jetzt wirkte er verhalten und in sich gekehrt. Andererseits wagte ich nicht wirklich einen solchen Schluss zu ziehen, da ich ihn, seine Frau, ihrer beider Verhältnis zueinander, ihre Lebensumstände nicht kannte.

„Wann kann ich mich wieder bei Ihnen melden", fragte Herr Harms, als er sich zum Gehen wandte. „Ich rufe Sie an, wenn ich die Gedichte gelesen habe", versprach ich ihm und setzte hinzu, dass ich ihn nicht sehr lange warten lassen würde.

Ich war selbst viel zu gespannt, um nicht sofort, nachdem Herr Harms mich verlassen hatte, mich den Gedichten zuzuwenden. Ich las eins nach dem anderen, ich las sie langsam, ich las sie laut vor mich hin, und ich wusste schon bald, dass diese Gedichte, abgerungen dem letzten bisschen Leben vor dem sicheren Tod, gut waren.

„Nicht mehr verrinnen können/ wie Schimmer im Bach" las ich, „Nie mehr Rinnsal/ in die Arglosigkeit". Traumsicher hatte hier eine Frau in äußerster Verzweiflung und Einsamkeit zu prägnanten Bildern gegriffen, die ihre Seelenlage ausdrückten. Wenn man wie ich auch als berufsmäßige Kritikerin so viele gutgemeinte Verseschmiedereien kennengelernt hat, so war mein Erstaunen über diese ungeahnte Qualität groß.

Ich wartete mit meinem Anruf nicht lange. Herr Harms war hörbar erleichtert, als ich ihm meine vorläufige Beurteilung am Telefon mitteilte. Aus Andeutungen bei unserem ersten Gespräch hatte ich schon erahnt, dass er sich mit dem Gedanken trug, die Gedichte in irgendeiner Form öffentlich zu machen. Dazu ermunterte ich ihn jetzt ausdrücklich. Herr Harms erzählte mir, dass er einem Freund die Gedichte bereits gezeigt, dieser wiederum sie einer befreundeten Künstlerin weitergereicht hatte mit der Frage, ob sie zu den zehn Gedichten zehn Illustrationen schaffen könne und wolle.

Herr Harms erwartete diese Illustrationen schon in den kommenden Tagen. Er wollte mit ihnen noch einmal bei mir vorbeikommen, um zu besprechen, welche Wege zum Druck eines kleinen Bändchens - wozu er nun nach meinem positiven Urteil fest entschlossen war - beschritten werden könnten. So weit, so gut. Ich wandte mich in der Zwischenzeit meinen Aufgaben zu. Zwei Essays mussten noch verfasst werden, und Rezensionen hatte ich eine ganze Reihe auf dem Schreibtisch liegen, die auf Erledigung warteten.

Als Herr Harms mit den aquarellierten Zeichnungen zu mir kam, wusste ich bereits, dass meine Einbindung in diese Angelegenheit noch nicht beendet sein würde. Neben den Tipps zur Suche einer Druckerei, zum Einholen von Vergleichskostenanschlägen, Überlegungen, wie hoch er die Auflage machen lassen wolle, mit denen ich schnell dienen konnte, stand für mich selbst schon fest, dass ich diese ungewöhnliche Dokumentation, dieses Testament in Gedichten nicht einfach dem Witwer wieder in die Hand drücken könnte mit den besten Wünschen und Empfehlungen. Ich spürte einen fast zwingenden Appell an mich, von wem war nicht leicht zu entscheiden, aber wohl doch am ehesten von der Urheberin der Verse selbst, mich zu ihnen zu äußern, nicht nur mündlich, sondern schriftlich, und zwar in Form eines Nachwortes.

Dass Herr Harms mein diesbezügliches Angebot dankend annahm, muss ich nicht ausdrücklich erwähnen. Natürlich war er froh darüber und wollte sich nun auch schnellstens um die Ausführung seiner Pläne kümmern.

Ich verfasste also ein Nachwort, wofür ich mich noch einmal und diesmal noch viel mehr in die Bildwelt der Gedichte hineinversenkte, die Sprachrhythmen auf mich wirken ließ und die Entwicklung herausarbeitete, die sich vom ersten bis zum letzten Gedicht nacherleben ließ. Immer mehr wurde mir klar, dass eine Frau um ihr Leben, um ihr Überleben geschrieben hatte.

In die anfängliche Verzweiflung und Düsternis, die Ausweg- und Hoffnungslosigkeit bricht mittenhinein ein Lichtstrahl, der Trost verheißt und sogar Freude wieder möglich macht.

Aus gallo-römischer Zeit befindet sich in unserer Nähe ein Standbild mit drei Frauen, „Matronensteine" genannt. So ist ein Gedicht betitelt, das vorletzte der zehn und sicher eines, welches nicht lange vor Ablauf der tickenden Lebensuhr entstanden ist. Die dem Sterben nahe Frau hört bereits den Gesang der „Drei-Frau vom Feenhügel", die sie mit süßer Melodie zu sich herüberlockt. Ein handgeschriebener Zettel, der dem Gedicht beiliegt, zeigt mir den Ursprung ihrer Gedanken und Gefühle. Es handelt sich augenscheinlich um ein Exzerpt aus einem Buch, vielleicht aus einem Lexikon. Da lese ich: „Wenn die Banschee diejenigen, die sie ruft, liebt, dann ist ihr Lied ein langsamer, sanfter Gesang, der zwar die Nähe des Todes verkündet, aber mit einer Zartheit, die die Bleibenden beruhigt und die Überlebenden tröstet."

„Sie hat sich zuerst gegen die todbringende Krankheit auf-
gelehnt", erzählt mir Herr Harms, aber dann, so sagt er, habe
sich an ihr eine große Wandlung vollzogen. Für ihr Verhältnis
zueinander sei diese Zeit die wohl wichtigste überhaupt gewesen. Seine Frau hätte sich während dieser Zeit zunehmender
Schmerzen und Schwäche ihm zum ersten Mal wirklich geöffnet. Er hätte mit ihr über Dinge sprechen können, die sie früher
immer abgelehnt habe, mit denen sie nichts habe anfangen
können. „Wissen Sie", gesteht er mir bei dieser Unterhaltung,
die in seinem Haus stattfindet, „dass ich, bevor ich Psychologe
wurde, Theologie studiert habe?"

„Warten Sie einen Augenblick", sagt Herr Harms und ver-
schwindet durch die Tür, die, wie er mir vorher erklärt hatte,
zu seinem Arbeitszimmer führt. Mit einem Buch in der Hand
kommt er zurück. „Hier", sagt er und drückt mir das Buch mit
vergilbtem Schutzumschlag in die Hand, „lesen Sie das. Ich
glaube, Sie verstehen dann die ganze Geschichte besser."

Ich will die Geschichte nicht ungebührlich ausdehnen. Das
Wesentliche ist auch bereits erzählt. Ein Bändchen mit Gedichten ist entstanden mit einem Vorwort des Ehemanns und einem
Nachwort aus meiner Feder. Jedem Gedicht ist eine Illustration
gegenübergestellt. Es ist von der örtlichen Presse beachtet
worden und verkauft sich im Buchladen gut. Herr Harms hat
sich seinen Wunsch, seiner Frau ein ehrendes Andenken zu
geben, erfüllt. Auch ich freue mich über den gelungenen Band
und darüber, dass er Leser findet.

In dem Buch, das mir Herr Harms mitgab, habe ich eine
Reihe sehr bemerkenswerter Sätze gefunden. Da ich die Vor-
liebe habe, solche zu unterstreichen, habe ich mir den Band
„Ich und Du" von Martin Buber selbst gekauft, nachdem ich
den geliehenen zurückgegeben hatte. Eine Stelle hatte es mir
von Anfang an angetan. „Alles wirkliche Leben ist Begegnung." In einem zunächst noch eher unbestimmten Sinne

schien dieser Satz mir eine nachträgliche Erklärung zu liefern für das Zusammenwirken so unterschiedlicher Personen und Ereignisse mit dem Ergebnis eines Büchleins von vierzig Seiten.

Vor mir liegt der Gedichtband mit blauer Schrift auf weißem Grund. Auf der Rückseite befinden sich ein Foto der Autorin und einige biographische Daten. Das Foto hat ein uns gemeinsamer Bekannter und Freund kurz vor ihrem Tod gemacht. Sie schaut aus dem Bild hinaus ins Weite. Den Hintergrund bildet ein unscharfes Licht-Blätter-Gemenge, wie es entsteht, wenn man mit einem Teleobjektiv arbeitet, um die Person im Vordergrund besonders klar erscheinen zu lassen.

Eine Person, die ich zu Lebzeiten nicht gut kannte, ist mir sehr nah geworden.

Dieser Tage fiel mir jener Brief, von dem ich eingangs erzählte, unvermutet wieder in die Hände. Ich las ihn wieder mit einer gewissen Heiterkeit, bis mir jäh eine Gänsehaut über den Rücken lief. Ich erkannte plötzlich die Unterschrift.

Nun las ich den als Postskriptum hinzugefügten Satz: „Was daraus werden wird und kann, bitte ich abzuwarten."

Der Brief war von der Verfasserin der Gedichte, und ich hatte es die ganze Zeit über nicht gewusst.

Mir war unheimlich zumute.

Aber ich wusste nun, was daraus geworden war. Und sie wohl auch.

Margarita

Jetzt wusste sie wieder, wann es angefangen hatte. Als ihre Großmutter starb, da war sie acht Jahre alt. Nur zwei Jahre älter war sie damals, als ihre Tochter Friederike heute ist. Margarita hatte ihre Großmutter über alle Maßen geliebt. Und die Schuld an ihrem Tod, die gab sie dem Großvater. Ja, damals schon. Denn Margarita war ein waches und sensibles Kind. Ihr blieb nicht verborgen, wie der Großvater seine Frau behandelte. Wie ein Nichts. Vielleicht noch weniger, wenn das überhaupt möglich war. Er nahm sich alle Freiheiten heraus. Kam und ging, wie es ihm passte, liebte seine schnellen Wagen mehr als Frau und Kind. Und Frauen gab es in seinem Leben viele. Er machte nicht einmal ein Geheimnis daraus. Seine Frau dagegen maßregelte er, wenn sie einmal von einem „Kaffeekränzchen" nur eine halbe Stunde zu spät nach Hause zu kommen wagte. Die Großmutter begehrte nicht auf. Das war damals noch nicht in Mode. Sie fraß allen Kummer in sich hinein, bis schließlich der Krebs sich so weit in sie hineingefressen hatte, dass es keine Rettung mehr gab. Margarita hasste den Großvater deswegen und verübelte ihm zeit seines Lebens, dass er so ungeniert ein hohes, ungetrübtes Alter erreichte.

Und irgendwie muss es auch mit dieser Villa zusammengehangen haben, in die sie damals gezogen waren. In dem kleinen Dorf sprach man überall nur von der „Villa". Zweifelsohne handelte es sich um das schönste Haus im Ort. Und den Respekt, aber auch den Neid hörte Margarita ganz deutlich aus den Stimmen der Dorfbewohner heraus, obwohl sie stets so freundlich taten.

Sie mochte das Haus von Anfang an nicht. Es war dunkel im Innern. Und das gefiel ihr nicht. Sie und ihre Schwestern mussten sich in Acht nehmen beim Spielen, damit nichts von dem wertvollen Inventar kaputt ginge. Die großen verglasten

Schiebetüren mit den Jugendstilblüten zum Beispiel. Oder die hübschen Schnitzereien an den hölzernen Wandverkleidungen. Das Turmzimmer – ihr Zimmer -, von außen schön anzusehen und auf Unbefangene äußerst idyllisch wirkend, war innen feucht. Wenn es stark regnete und stürmte, fühlte sich Margarita dort allein und ungemütlich. Die Regentropfen schlugen wie Hämmerchen gegen die Schieferplatten, mit denen der Turm verkleidet war, und der Wind heulte um das Turmrondell, als wolle er sie samt dem Zimmerchen mit sich reißen und irgendwo fernab wieder fallenlassen. Wie käme sie dann zurück nach Hause?

Jedenfalls begann es, kurz nachdem sie in die Villa gezogen waren, der Großmutter sichtlich schlecht zu gehen. Und schon nach einem halben Jahr starb sie. Margarita war alt genug, um zu wissen, was es bedeutete, dass ein Mensch tot ist. Die tröstenden Worte der Mutter vermochten ihr nicht über den Verlust hinwegzuhelfen. Aber dann geschah es.

Als Margarita eines Abends, es mochte seit der Beerdigung der Großmutter etwa eine Woche vergangen gewesen sein, nach dem Spielen in ihr Rundzimmerchen im Turm kam, saß die Großmutter dort auf einem Stuhl, ihr mit dem Rücken zugewandt. Erschrak sie damals? Sie erinnert sich nicht mehr daran. Margarita weiß noch, dass sie es ganz natürlich fand, dass die Großmutter dort saß. Es war ja kein Gespenst, das wusste sie sofort. Und dann sprach die Großmutter mit ihr, so, wie sie es immer getan hatte. Sie erzählte, wie schön es da „drüben" wäre. Sie sagte, sie brauchte nicht länger traurig zu sein, denn sie wäre immer bei ihr. Sie umarmte Margarita und ging mit Schritten, die kein Geräusch auf den sonst stets knarrenden Dielen verursachten, zur Tür. Margarita versuchte nicht, sie aufzuhalten. Sie lief ihr nicht hinterher. Zum ersten Mal, seit sie in diesem düsteren Haus wohnten, fühlte sie sich glücklich. Sie hatte etwas erfahren, wovon sie schon mit ihrem kindlichen Verstand wusste, dass die Erwachsenen es nicht verstehen würden. Deshalb erzählte sie von dieser Begegnung niemandem. Niemand würde ihr glauben. Erklärungen würden ihr angeboten, die das wirklich Gesehene und Erlebte ins Reich der Phantasie würden bannen wollen. Hirngespinste eines allzu sensiblen Kindes. Projektionen, Wunschvorstellungen aus kindlicher Sehnsucht entsprungen. Nein, sie sprach mit niemandem darüber. Lange Jahre nicht, bis sie es selbst schon fast vergessen hatte.

Margarita entwuchs den Kinderkleidern. Ihr Temperament war sprühend und ungezwungen. Auf den Partys war sie vielumschwärmter Mittelpunkt. Sie war hübsch und selbstbewusst. Der Vater entdeckte in ihr eine wissbegierige Gesprächspartnerin. Margarita interessierte sich für Geschichte und Politik. Sie begannen, geistreiche Dispute zu führen. Und der Vater, in Regierungsgeschäften tätig, förderte und schulte ihre von Natur aus vorhandene Eloquenz zu geschliffener Rhetorik. Bald schon trug sie in Diskussionen unter Jugendlichen stets den Sieg davon. Sie fühlte sich stark und unanfechtbar, weil sie stark war und brillant in der Argumentation.

Mit achtzehn verliebte sie sich in Christian. Und er sich in sie. Der Vater war dagegen. Die Mutter tat und sagte, was der Vater für gut befand. Heute weiß Margarita, dass ihre vermeintliche Stärke Hochmut war. Nach einiger Zeit der Verliebtheit begann sie Christians einfache Ausdrucksweise zu stören. Sie bemängelte an ihm dieses und jenes, bis sie plötzlich nicht mehr wusste, was sie an ihm so toll gefunden hatte. Sein Leid bemerkte sie schon nicht mehr. Christian heiratete einige Zeit später. Heute weiß sie, dass er doch ihre große und im Grunde einzige Liebe gewesen ist. Aber jetzt ist es zu spät. Viele Liebhaber hat sie seit damals gehabt. Du hast das Leben noch vor dir, hatte ihr Vater immer gesagt. Ja, sie hatte sich in ein turbulentes Leben gestürzt, an allem ein wenig genippt:

Freunde, Drogen, Alkohol – und es doch als zu leicht, zu schal befunden. Sie war sich nicht bewusst, dass sie mit ihren Eskapaden gegen den überstarken Vater aufbegehrte. Vielleicht stellvertretend für die Mutter, die erst später, als der Vater schon tot war, ein eigenes Leben zu führen begann.

Heute denkt Margarita so. Eines jeden Leben hat seinen ihm zugedachten Sinn. Auch der Tod hat eine Bedeutung.

Alles, was du tust, machst du, um anerkannt zu werden, um geliebt zu werden, sagte vor kurzem jemand zu Margarita. Das kam ihr absurd vor. Sie sollte um etwas, was ihr selbstverständlich zuteil zu werden schien, buhlen? Und dann hat sie diesen Traum gehabt, der sie frösteln lässt, sobald sie daran denkt. Sie hat in der letzten Zeit viel über den Tod nachgedacht, über ein mögliches Weltende. Eine Jahrtausendwende steht bevor. Und von alters her tauchen in diesem Zusammenhang düstere Prognosen auf, die von einem Weltuntergang reden. Sie hat ein Buch gelesen, welches sie in große Unruhe gestürzt hat. Und sie hat sich beinahe zwanghaft vorgestellt, dass in wenigen Jahren die Erde aufhören würde zu existieren. Ich bin doch angstfrei, sagt sie sich. Sie fürchtet sich nicht vor ihrem eigenen Tod. Aber ihr Kind. Es ist doch noch so klein. Sie wehrt sich gegen diese Endzeitgedanken und ist doch infiziert von ihnen. Sie wird verfolgt von Alpträumen. Sie fürchtet sich vor dem Schlaf.

Sie hat Angst, verrückt zu werden. Innen und außen vermischen sich.

Im Traum rutscht sie mit ihrer Tochter eine lange Rutsche hinab in einen großen Kellerraum. Dort befinden sich schon viele Menschen, eigenartig fahl. An den gekachelten Wänden sind Duschen installiert. Die Menschen sind nackt und wirken durchschimmernd. Ihr wird klar, dass es sich um Tote handelt. Es sind keine wirklichen Körper, denkt sie, also könnte ich durch sie hindurchgreifen. Eine starke Versuchung packt sie, es zu tun. Sie streckt den Arm aus. Ihre Hand greift durch die Körper hindurch. Margarita reißt die Augen auf. Sie will wach sein. Sie will lebendig sein. Da sieht sie vor sich auf ihrer Bettdecke zwei Hände. Nicht fahl wie die Körper im Traum, sondern real, fleischlich. Zwei Hände, geformt zu einer Mandorla, gleichsam etwas bergend, was sie nicht sieht. Ich träume noch immer, denkt sie. Ich werde sie anfassen, denn sie sind nicht wirklich da.

Margarita richtet sich hoch, um nach den Händen auf ihrem Bett zu greifen. Und da! Sie berührt lebendige warme Haut. In Sekundenbruchteilen ist ihr Körper klatschnass, kalter Angstschweiß dünstet aus allen Poren. Sie riecht ihre eigene Angst. Sie schließt die Augen, um das Wahnbild abzuschütteln. Als sie sie wieder öffnet, sind die Hände noch immer da, in derselben Stellung. Fast flehentlich.

Margarita will den Bann brechen. Sonst hält sie es nicht länger durch. Sie mobilisiert ihre letzte Kraft und redet sich gut zu. Gebrauch' deinen Verstand. Hände müssen zu einem menschlichen Körper gehören, wenn nicht alles ein Spuk sein soll.

In dem Augenblick sieht sie die Gestalt. Eine Frau. Ihr völlig unbekannt. Sie möchte schreien. Doch nur ein übermächtiges Zittern bemächtigt sich ihrer Glieder. Soweit musste es ja mit dir kommen, sagt die Frau.

Margarita ist angststarr. Doch dann denkt sie an Friederike. Sie schläft im Nebenzimmer. Margarita springt auf, ohne einen weiteren Blick auf ihr Bett zu werfen, gelangt zur Tür, schafft es bis ins Kinderzimmer, sinkt neben dem Bettchen ihrer Tochter weinend zusammen.

Mami, Mami, was ist los? Schlaftrunken erklingt Friederikes Stimme über ihr. Sie nimmt das Kind in den Arm, spürt, wie sie ruhiger wird, kann zur Antwort geben: Ich habe schlecht geschlafen und etwas geträumt, was mir Angst ge-

macht hat. In dieser Nacht kehrt Margarita nicht ins Schlafzimmer zurück.

Es dauerte eine Weile, aber dann wurde sich Margarita bewusst, dass sie sich in einer schweren Krise befand. Sie, die
Lebenslustige. Die Herzensbrecherin. Die Unbekümmerte. Die
Draufgängerin. Diese Meinung hatten die anderen über sie.
Und eigentlich schloss sie selbst sich gern diesem Bild, welches die Menschen, mit denen sie umging, von ihr gemacht
hatten, an. Es war bequemer so. Mit einem Bild identisch zu
sein. Oder sich ihm identisch zu wähnen. Denn dass da eine
Diskrepanz sein musste, das fühlte sie erst jetzt mit den klaf-
fenden Abgründen, die sie plötzlich in sich spürte.

Sie musste da raus. Sie brauchte einen anderen Standort.
Sie wollte ein hohes Gebäude besteigen. Sie musste allein sein.
Ganz allein mit sich selbst.

Da stand sie nun. Auf der Aussichtsplattform des höchsten
Gebäudes von New Orleans. Der Aufgang war schon geschlossen gewesen. Es war bereits Nacht. Sie hatte den Wächter an-
gefleht, dass er sie hinein lassen möge und hinauf mit dem
Fahrstuhl. Er durfte das nicht. Aber Margarita hatte ihn angesehen, durchdringend und fest entschlossen, bis er nachgab und
ihr aufschloss. Sie beruhigte ihn, sie wolle sich nichts antun,
aber sie müsse unbedingt dort hinauf. Noch diesen Abend.
Jetzt. Sie müsse nur einfach allein sein. Dort oben. Allein mit
sich. Und über sich nur die tiefschwarze Nacht. Weit unten die
Lichter, die Irrlichter heißen Lebens. Zur Ruhe kommen. Die
Arme ausbreiten. Still werden, bis alle Stimmen in ihr schweigen würden.

Jetzt weiß sie, dass sie in diese Landschaft gehört. Dass sie
hier bleiben wird in dem neuen Haus, in ihrer vor kurzem be-
zogenen Wohnung unter dem Dach. Die Sterne fallen nachts in
die Zimmer. Der nahe Wald empfängt sie morgenneblig. Die
Kinder lachen. Ihre Tochter spielt mit den Nachbarskindern.

Sie toben durch den Garten. Bald wird sie eingeschult. Margarita weiß jetzt, dass sie die Verantwortung für ihrer beider Leben tragen kann. Sie steht wieder auf der festen Erde. Sie ist wieder zurückgekehrt von ihrer Reise in die große weite Welt. Die Enge, die sie vor ihrem Aufbruch in die Ferne zu ersticken drohte, ist nur eine scheinbare, wie sie nun erkennt. Sie selbst ist jetzt ganz weit. Sie kann warten. Sie kann ruhig nach vorne schauen. Die Schatten sind gewichen.

Es war ein Zufall, der Margarita zu diesem Gartenfest gehen ließ. Viele junge Leute, jünger als sie, waren dort. Mit manchen verband sie eine lose Freundschaft. Auch ein Ehepaar war in der fröhlichen Runde, ein Elternpaar, das sich zu ihnen gesellt hatte.

Es war schon dunkel. Nur das Feuer, aus gemeinsam gesammeltem Holz entfacht, warf auf die Gesichter einen warmen Schein. Da sah sie die Geste. Es durchrann sie ein Schauer von Glück. Die Frau lehnte sich zärtlich an die Schultern ihres Mannes, Es war für Margarita wie der Blitz eines Erkennens: So etwas gibt es wirklich! So lange sind die zwei verheiratet, dachte sie, und dann noch eine solche Geste des Vertrauens.

Plötzlich maß sie ihre Beziehung zu Markus, den sie vor drei Monaten kennengelernt hatte, in den sie sich mit großer Heftigkeit verliebt hatte, an dieser kleinen Geste. Und sie wusste, dass sie von jetzt an auf jemanden warten wollte, mit dem sie das Leben teilen konnte in einer solchen zärtlichen Selbstverständlichkeit.

Du sollst stolz sein können auf deine Tochter. Dieses Versprechen hatte Margarita ihrem Vater kurz vor seinem Tod gegeben. Daran hatte sie lange nicht mehr gedacht. Jetzt fiel es ihr wieder ein.

Die Erinnerung ist wieder da. Stark. Lebendig. Der Film wurde zurückgespult. Margarita sieht ihn ablaufen. Sie sieht sich selbst in dem Film.

Der Vater ist tot.

Die Familie wurde an sein Sterbebett gerufen. Alle sind da. Auch Margarita. Sie schaut ihn an. Wie er da liegt. So schmal. So schwach. So verlöschend. Sie kann es nicht ertragen, ihn so zu sehen. Ihren starken Vater. Sie geht für einen Moment aus dem Krankenzimmer. Als sie zurückkommt, ist er gestorben. Alle waren dabei. Nur sie nicht. Aber sie ist darüber nicht traurig. Es ist nicht so, dass sie es sich nicht verzeiht, dass sie nicht bei ihm war, als sein Herz aufhörte zu schlagen. Es ist in Ordnung so. Sie haben sich ein Versprechen gegeben, ihr Vater und sie. Wer stirbt, will sich nach dem Tod melden.

Margarita verfolgt die Handlungen, die sich nun abspielen, als schaue sie verkehrt herum durch ein starkes Fernglas, wie es der Vater auf der Jagd benutzte. Sie ist ohne Unruhe.

In der Nacht hört Margarita ein Geräusch in der Küche. Sie verlässt ihr Turmzimmer, um nachzuschauen. Da sitzt der Vater.

Margarita ist kein Kind mehr wie damals beim Tod der Großmutter. Sie fängt mit dem Vater einen Disput an. Du bist doch nicht wirklich hier, sagt sie. Und der Vater antwortet: Doch. Fass mich ruhig an.

Am nächsten Morgen weiß Margarita nicht, ob sie nur geträumt hat. Aber dann passiert dasselbe in der nächsten Nacht, in der übernächsten und jede darauffolgende – sechs Wochen lang. Der Vater erzählt Margarita Nacht für Nacht von seinem neuen Leben. Bald schon fühlt sie sich hineingezogen in diese andere Wirklichkeit. Sie beginnt, an ihrem Verstand zu zweifeln. Ich muss jemandem davon erzählen, denkt sie, sonst werde ich verrückt. Wenn sie nachts die Augen schließt, liegt sie in ihrem Bett, aber wenn sie sie öffnet, ist sie in der Küche und spricht mit dem Vater. Dieses Wechselspiel kann sie beliebig oft wiederholen. Es ändert sich nichts.

Ich muss jemandem all das erzählen, was ich von dir erfahre, sagt sie zum Vater. Versuch es, gibt er zur Antwort, und er sieht sie traurig an, aber es wird nicht möglich sein. Am nächsten Tag besucht Margarita ihre Freundin. Sie muss sich endlich mitteilen. Es ist ihr, als zerberste sie sonst.

Sie will ihrer Freundin von ihren nächtlichen Begegnungen berichten, auch auf die Gefahr hin, dass diese ihr nicht glaubt. Vor allem will sie ihr schildern von dem glücklichen Leben „auf der anderen Seite". Ganz ausführlich hat ihr Vater davon erzählt.

Als aber Margarita den Mund öffnet, um detailliert und wahrheitsgetreu alles Gehörte wiederzugeben, bleiben die Laute, die sie zu Worten formen will, in der Kehle hängen. Voller Schrecken registriert sie, dass sie ihre Lippen zwar bewegt, aber nichts vernehmbar ist. Nicht ein einziges Wort!

Für die Cola kann sie sich bedanken. Das funktioniert. Und sie planen einen gemeinsamen Besuch des angekündigten Rockkonzerts. Cool bleiben, jetzt nicht die Nerven verlieren, denkt Margarita. Du wolltest doch etwas anderes. Aber was eigentlich? Plötzlich weiß sie es nicht mehr.

Zwei Nächte hat sie dann den Vater nicht mehr gesehen. Sie weiß zwar noch, dass er sie besucht hat, aber worüber er gesprochen hat, das beginnt, merkwürdig blass und fern zu werden. Einmal noch ist er gekommen. Da hat es an der Tür geschellt, und sie ist hinunter und hat sie aufgemacht. Da stand er und reichte ihr die Hand. Sie wusste sofort, dass dies der endgültige Abschied war. Ich gehe jetzt, sagte er leise und entfernte sich, rückwärtsgehend, zwischen den beiden hohen Fichten vor dem Haus bis zur Garten Pforte, immer durchsichtiger werdend, bis nur noch ein Licht von jenseits des Tores den Weg zum Haus zu beleuchten schien. Aber vielleicht war das auch nur der Mond.

Margarita hatte all dies vergessen.

Aber etwas war geblieben. Jetzt wusste sie, was es war. Ich brauche nur diese kleine Geste, dachte sie. Ich habe Zeit, und ich kann warten. Ich bin noch jung, auch wenn mein Haar sich schon grau zu färben beginnt.

Margarita sieht den Tagesanbruch durch die Zweige schimmern. Schwalben fliegen stoßartig hinauf ins Blau. Der Nebel auf den Wiesen hebt sich. Ein Vogel zwitschert.

Sie würde heute ihre wilden Haare kürzer schneiden lassen. Auch wenn morgen oder übermorgen das Ende käme.

Margarita hatte etwas Verlorengeglaubtes wiedergefunden. Sie war eine andere geworden oder vielmehr die, mit jenem Wissen ausgestattet, die sie seit damals immer schon gewesen war.

Felicitas

Sylvia saß am Bett ihrer Freundin Felicitas. Vor diesem Besuch hatte sie sich gefürchtet und ihn immer wieder vor sich hergeschoben. Nun saß sie hier, neben sich einen im Grunde bereits toten Menschen. Felicitas starrte mit einem offenen Auge ins Leere. Ihr Körper zeigte keinerlei Reaktion.

„Nein, es ist zu schrecklich", dachte Sylvia, „das ist kein Mensch mehr, nur noch ein ‚légume', künstlich am Leben gehalten, ein Jahr lang schon, seitdem der Unfall geschehen war."

Felicitas und ihr Mann hatten für ihre Tochter ein Pferd gekauft, zu wild noch, um gleich von dem Kind geritten zu werden. „Das mach' ich", hatte Felicitas, die eine gute Reiterin war, gesagt und sich auf den jungen Araberhengst geschwungen, „ich werde ihn für dich zureiten."

Sie und ihr Mann Silvio hatten mit dem Pferd ihrer beider mangelnde Zeit und Zuwendung für Bernadette wettmachen wollen, die sich in eine Magersucht hineingeflüchtet hatte, gegen die sie mit Worten nicht mehr hatten ankommen können. Ein lebendiges Wesen, das Zuwendung brauchte und Wärme geben konnte, das Verantwortung erforderte.

Bernadette hatte sich sehr über das Pferd gefreut. Sie waren voller Hoffnung, dass es dabei behilflich sein würde, ihre Probleme zu lösen. Geld spielte bei ihnen keine Rolle. Aber genau das war es auch, das hatte Felicitas instinktiv gespürt, was sie ihrer Tochter entfremdet hatte. Mit Geld war mangelnde Zeit nicht aufzuwiegen. Das Geschäft hatte immer Vorrang. Darüber war auch Felicitas unglücklich und war dennoch nicht fähig, nicht stark genug, sich diesen Zwängen und Pflichten zu entziehen.

Der Hengst stieg hoch. Er bäumte sich auf, drehte sich auf der Hinterhand abrupt um und jagte in wildem Galopp davon.

Felicitas verlor die Gewalt über das Tier, glitt aus einem Steigbügel, krallte sich in der Mähne fest. Sie versuchte mit beruhigenden Zurufen, das Pferd zum Stehen zu bringen: „Halt, ruhig, ruuuhig, brrr!"

Da, ein nochmaliges unbändiges Aufbäumen, und Felicitas stürzte zu Boden.

Das war vor einem Jahr passiert. Seitdem lag Felicitas im Koma. Silvio hatte die besten, die teuersten Spezialisten für sie kommen lassen. Vergebens. Keiner konnte helfen. An ihrem Zustand hatte sich nichts verändert.

Bernadette versank in depressives Grübeln, manchmal bis hin zu einer völligen Apathie. War es nicht ihre Schuld, dass ihre Mutter jetzt da so wie leblos lag?

Seit drei Monaten lag die Mutter nicht mehr im Krankenhaus, sondern zu Hause. Sie wurde rund um die Uhr versorgt und gepflegt von Krankenschwestern und Masseuren, die ihre leibliche Hülle in Funktion hielten, die sie drehten und wendeten, einölten und gymnastische Übungen mit ihren Gliedmaßen machten.

Die Mutter anzuschauen, kostete Bernadette eine übermenschliche Anstrengung. In ihr war kein Gedanke des Trostes und der Hoffnung. Manchmal ertappte sie sich bei dem Gedanken, ob es nicht menschlicher wäre, die Mutter einfach sterben zu lassen, obwohl sie sich dann wohl ganz verlassen gefühlt hätte.

Für Silvio gab es da keine Frage. Er wollte seine Frau auf jeden Fall am Leben erhalten. Er gestattete sich nicht den Gedanken, ob ein solches Leben eine solche Bezeichnung noch verdiene. Er liebte seine Frau. Vielleicht hatte er es ihr nie genug gezeigt. Diesen Vorwurf machte er sich jetzt oft insgeheim. Umso mehr klammerte er sich an die Vorstellung, an den Wunsch, es nachholen zu können, eines Tages, wenn Felicitas wieder aufwachen würde.

Als Sylvia die schmale, kalte Hand von Felicitas streichelte, musste sie mit den Tränen kämpfen. Es war niemand sonst im Raum, dennoch war ihr ihre eigene Rührung unangenehm. Sie achtete stets sehr auf Contenance. „Feli", flüsterte sie, „ich bin's, Sylvie, hörst du mich?"

Zugleich erschien ihr solches Reden mit einer reglos Daliegenden sinnlos. Es machte sie traurig und wütend, weil sie sich einer absoluten Hilflosigkeit ausgeliefert fühlte.

Sylvia dachte daran, wie eigenartig die Schicksalsfäden manchmal verflochten sind. Es war erst zwei Jahre her, dass sie ihre Kinderfreundin aus der Grundschulzeit wiedergefunden hatte. Wie hatte sie sich gefreut, als eines Tages unvermutet ein Brief von Felicitas kam, der ihren Besuch ankündigte.

Vier Jahre lang waren sie gemeinsam zur Schule gegangen, eine Privatschule für behütete oder zu behütende Töchter, so etwas gab es damals noch.

Felicitas war ihr zunächst gar nicht so sehr aufgefallen, bis auf ihren Namen. Dazu hatte sie einmal ihren Vater befragt, der meistens auf all ihre Fragen eine Antwort zu geben wusste. Er hatte ihr erklärt, dass der Name lateinisch sei und „die Glückliche" bedeute.

Ein schöner Name, hatte Sylvie bei sich gedacht und sich gefragt, ob jene auch wirklich glücklich sei. Aber solche Fragen bleiben in Kinderkleidern nicht lange hängen. Es gab Spiele und Raufereien auf dem Schulhof, lustige Handarbeiten, die Sylvie besonders mochte. Einen gemeinsamen Schulweg hatten sie beide nicht, denn Felicitas war Fahrschülerin. Sie kam von weither gefahren, während sie selbst nur einen knappen Fußweg von der Schule entfernt wohnte.

An ein Erlebnis erinnerte sie sich noch sehr deutlich, und das hatte ihre Freundschaft begründet. Es muss zu Beginn der dritten Klasse gewesen sein. Sie hatten damals gerade eine neue Klassenlehrerin bekommen, eine strenge, ziemlich unfreundliche Frau. In dieser Zeit fiel Sylvie auf, dass Felicitas, die Glückliche, alles andere als glücklich aussah. Nein, sie wirkte sogar traurig und bedrückt. Ihre dunklen Augen blickten manchmal tieftraurig zu ihr herüber. „Wie ein Hundeblick", schoss es Sylvie damals durch den Kopf. „Sie guckt so traurig und fragend wie ein Hund."

In der Handarbeitsstunde, Sylvies Lieblingsfach und, wie sie wusste, Felis Schreckensstunde, saßen sie nebeneinander. Feli schob ihr den begonnenen Topflappen zu und bat sie, ihr ein bisschen dabei zu helfen.

„Nichts lieber als das. Aber sag mal, hast du was? Du siehst so traurig aus."

Feli sah sie schräg von der Seite an und senkte blitzschnell die Augen.

„Du kannst es mir ruhig sagen." Sylvie legte die Hand auf Felis Arm und spürte plötzlich ein eigenartiges Zittern darin. Sie erschrak und zog die Hand schnell zurück.

Aber jetzt schaute sie verstohlen von der Seite auf Feli, und es schien ihr, als erschüttere ein Beben, rhythmisch, wie wenn einer weint, die Schultern ihrer Nachbarin. Sie traute sich nicht, etwas zu sagen oder zu fragen, und vertiefte sich in die Häkelei des Topflappens.

Das nächste Ereignis, das wohl mit dem ersten sehr nah zusammenhing, was Sylvia aber erst viel später begriff, war, dass Felicitas, die bis dahin eine sehr gute Schülerin gewesen war, die vor allem eine so schöne Handschrift hatte, dass Sylvie sie oft darum beneidete, in „Handschrift" ein „mangelhaft" erhielt. Das war wirklich sensationell und fast wie ein Paukenschlag. Zuerst meinten sie beide, die neue Lehrerin sei sicher daran schuld.

Den wirklichen Zusammenhang konnten sie beide damals noch nicht verstehen. Kinder kennen noch nichts von Psychosomatik und Psychoanalyse.

Es sollte noch eine Zeit vergehen, bis Sylvie das Geheimnis der traurigen Augen, der unglücklich Glücklichen, von dieser erfuhr: Ihre Eltern hatten sich scheiden lassen. Feli hatte es nur stockend herausgebracht und zu weinen angefangen. Als sie beide noch Kinder waren, passierte so etwas nur selten. Und irgendwie begriff Sylvie die Schamröte in Felis Gesicht, als sie ihr davon erzählte.

„Du, kommst du morgen mit zu uns nach der Schule? Ich frag' meine Mutter", hatte sie zu Feli gesagt. Und die hatte sie dankbar angeschaut, mit diesem Hundeblick, der Sylvie durch und durch ging.

Man hatte sich später aus den Augen verloren. Sie hatten nach der Grundschule verschiedene Schulen besucht und wohnten zu weit voneinander entfernt.

Nach dem Abitur war Sylvia nach Frankreich gezogen, hatte dort geheiratet, zwei Töchter geboren und ein Leben mit Freuden, kleinen Sorgen und vielfältigen Erfahrungen gelebt. Bis der Brief von Felicitas kam.

Auf einer Geschäftsreise nach Frankreich wollte diese einen Abstecher zu ihr machen, um sie nach so vielen Jahren wiederzusehen. Als sie sich dann trafen, war sofort die alte Vertrautheit wieder da. Sie hatten sich stundenlang über ihrer beider Leben erzählt, und die Abende wurden bei Rotwein und provençalischem Essen lang.

Feli war begeistert von Sylvies Haus, von Didier, ihrem Mann, und den Töchtern Benoîte und Gisèle und bedauerte, dass sie allein gekommen war, ohne Silvio und Bernadette. Man würde ein gemeinsames Treffen bald nachholen müssen.

Einmal noch hatten sie sich kurz gesehen, als sie beide zufällig zur selben Zeit in ihrer Heimatstadt Berlin waren, Sylvia auf Verwandtenbesuch, Felicitas zu einem Kongress. Die Zeit hatte nur für einen gemeinsamen Kaffee im Kranzler gereicht.

Und doch spürten sie, dass sie sich viel zu sagen hatten. Bald schon wollten sie ein längeres Beisammensein arrangieren.

Dazu kam es nicht mehr.

Felicitas, die Glückliche, die Unglückliche, lag jetzt dort, regungslos, teilnahmslos, wie es den Anschein hatte. Es war ein makabres Spiel, das das Schicksal mit ihnen spielte.

Ein geschlossenes und ein geöffnetes Auge.

Was sah Felicitas damit?

Sylvia meinte, in dem Auge die Verwunderung, die Verwundung der kleinen Feli von damals zu erkennen.

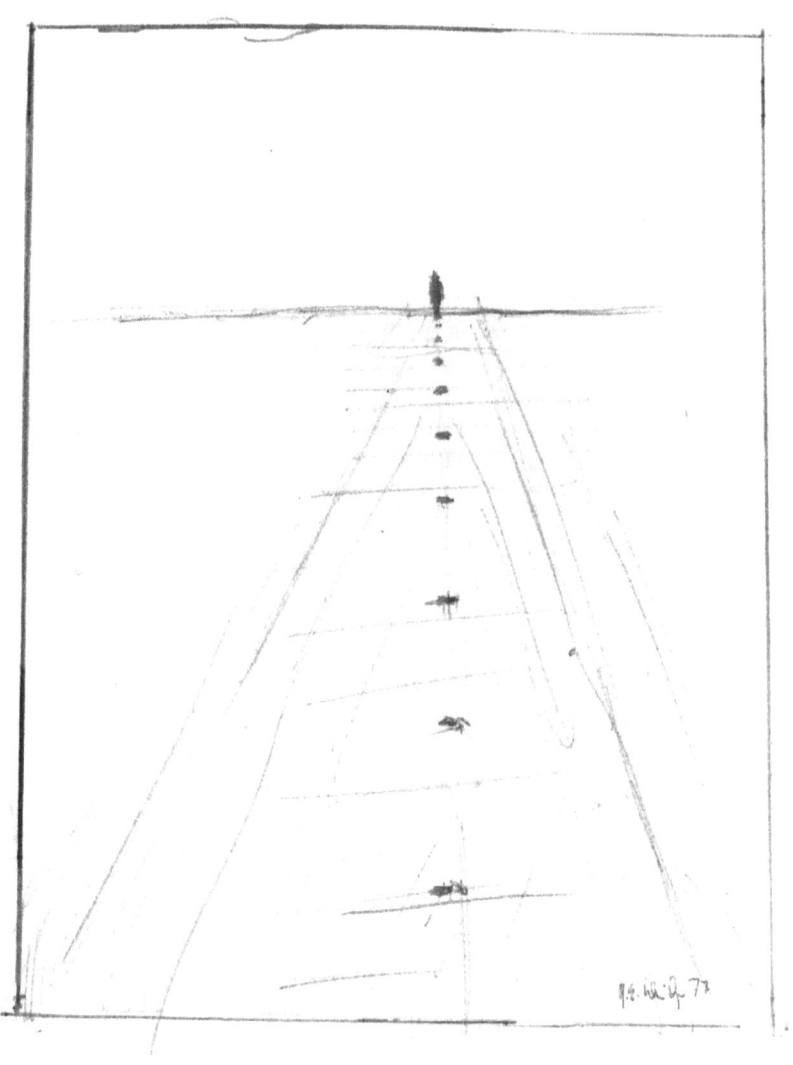

40

Himmelschlüssel

Plötzlich fühlte er sich unaussprechlich müde. Als sei er schon ein alter Mann. Als habe er bereits alle Erfahrungen, die das Leben für ihn bereithalten könnte, gemacht. Er meinte, am Ende angekommen zu sein. Er wusste nicht mehr weiter.

So also fühlt man sich, dachte er. Dieser Gedanke kreiste wie ein Irrlicht durch seinen Kopf und lähmte ihn so stark, als befände er sich unter Hypnose. Stillstand. Aus.

Vor vier Monaten hatte er sie in einem solchen Zustand gefunden, wie er jetzt ihn befallen hatte.

Das Leben ist großartig, hatte er ihr gesagt, es steckt voller Überraschungen, gib nicht auf, es lohnt sich, zu kämpfen! Und manchmal war er erstaunt, dass es tatsächlich weiterging.

Sie lebte. Ohne ihn. Das war es. Sie konnte wieder leben, ohne ihn leben. Vorhin beim Verabschieden waren es nur diese winzigen Nuancen gewesen, die ihn wie betäubt zurückgelassen hatten. Ihr schnell zur Seite gleitender Blick, die Art, wie sie ihm, ihre schmale Hand entzog. Ja, noch, wie sie die Türe geöffnet und wieder geschlossen hatte.

Langsam stand er auf, zündete sich eine Zigarette an, begann, hastig und tief zu inhalieren. Er spürte sofort die Wirkung des Nikotins. Als würde das Blut aus dem Kopf gepumpt. Er rauchte erst seit kurzem. Leere im Kopf. Das brauchte er jetzt.

Er ließ sich fallen auf sein Bett, starrte gegen die weiße Decke mit dem Stockflecken von einem Regenschauer, der sich zwischen den brüchigen Dachziegeln einen Weg gebahnt hatte.

Was sollte das alles noch? Wozu noch Pläne, wozu noch Fragen? Warum sich noch Gedanken machen über Sinn und

Zweck des Lebens, über Koinzidenzen, Zufälle, verwandelte Wirklichkeiten?

Er sprang hoch, drückte die Zigarette aus. Sie schmeckte schal.

Es nützt doch, hatte sie gesagt. Und sie hatte damit seine Fürsorge gemeint. Sie war so zart und zerbrechlich, als er sie kennenlernte. Es nützt doch! Das war wie eine Liebeserklärung gewesen. Ja, er durfte sich um sie sorgen. Sie zu umarmen, hatte er noch nicht gewagt.

Er musste mit ihr sprechen. Jetzt gleich. Noch war nicht alles verloren. Er hatte sich ihr gegenüber als Beschützer gezeigt, hatte sich stärker gemacht, als er war. Seine eigene Verwundbarkeit – das merkte er erst jetzt – hatte er vor ihr verborgen.

Während er sich die Jacke umwarf, fühlte er überraschend seine alten Kräfte zurückkehren.

Die Glocken vom Kirchturm jenseits des Platzes dröhnten so laut, dass er sein Klingeln an ihrer Haustür nicht hören konnte. Er lauschte auf das Surren des Türöffners, die zu erwartende Stimme am Türsprecher. Die Gewalt des Glockenhalls ließ ihn sich enger in die Türnische pressen. Auch er läutete Sturm.

Er würde ihr sagen, wozu er nicht den Mut gehabt hatte, was so stark in ihm brannte, dass er sie liebe, ja liebe, unerträglich schmerzlich mit einem nicht mehr zu löschenden Feuer liebe, dass er nur ihr gehören wolle, dass ...

Das Läuten der Glocken hatte aufgehört. Wie ein tumbes Echo hörte er nun die schwächlichen Töne der Hausklingel. Die Tür öffnete sich nicht.

Als er um die Ecke gebogen und über den Platz auf ihr Haus zugesteuert war, hatte er ganz deutlich Licht gesehen dort oben, wo sie wohnte. Er trat einige Schritte aus dem Eingang zurück und schaute hinauf an der Hausfassade. Ihre Fenster waren unbeleuchtet. Schwarz und abweisend starrten sie gegen den dunkler werdenden Himmel.

Es war still geworden auf dem Marktplatz. Leise und beständig fiel ein nassschwerer Februarschnee. Paare, eng umschlungen, gingen an ihm vorüber. Ihre Schritte wurden vom Schnee geschluckt.

Er wollte jetzt keinen Trost. Ihm wurde stechend klar, dass er sich getäuscht hatte. Er begann zu gehen. Mechanisch. Er lief sich in einen Rauschzustand. Achtete nicht auf den Weg. Häuser, Straßen, Kreuzungen, Ampeln, Gehupe von Autos. Einmal lief er geradeaus in ein aufgeblendetes Licht.

Bald würde er im Wald sein.

Die schwarzen Baumstämme waren zur Hälfte mit Schnee bemantelt. Hell, Dunkel, Hell, Dunkel. Ich weiß, was die Wirklichkeit ist, dachte er. Seine Jacke wurde schwer von der Nässe des Schnees. Wie lange irrte er schon so daher?

Sie will mich nicht. Sie hat ihr Spiel mit mir getrieben. Sie braucht mich nicht mehr. Sie hat mir nicht geöffnet. Sie liebt mich nicht. Kalter Schweiß stand ihm auf der Stirn. Im Nacken sammelten sich Schneeflocken und zerrannen unter seinem Kragen.

Das reine Weiß des Schnees lockte ihn. Wie ein Bett würde es sein. Weich. Er würde hineinsinken. Immer tiefer. Trotz der Kälte war ihm mit einem Mal sommersanft zumute. Er flüsterte ihren Namen. Schneidend drangen Eiskristalle in seine Haut. Er überließ sich der Süße der Gefahr.

Er sah ihre schlanke Gestalt, die wasserfarbenblauen Augen mit dem hintergründigen Blick, ihr gelocktes Haar, unter dem er hinter dem rechten Ohr das Muttermal entdeckt hatte, ihren unglaublich sinnlichen Mund, nach dem er sich jetzt sehnte. Aber schon begannen die Erinnerungen an sie davon zu schwimmen. In einem trägen, dunklen Fluss.

Seine Haut fühlte er transparent werden. Vor sich sah er Blumen. Eine Wiese voller Narzissen und Himmelschlüssel. Ich werde ihr einen Strauß pflücken, dachte er. Langsam wich aller Schmerz von ihm.

Der Baum

Ich lag im Krankenhaus, auf der Isolierstation. Ganz allein lag ich in einem weißen großen und hohen Raum. Niemand durfte mich besuchen. Außer dem Arzt und der Krankenschwester durfte niemand mein Zimmer betreten. Die Eltern sah ich nur von ferne hinter einer Glasscheibe. Damals - ich war neuneinhalb Jahre alt - geschah etwas Wunderbares: zum ersten Mal in meinem Leben s a h ich einen Baum. Es war der Baum, der vor meinem Klinik Fenster stand. Ein mächtiger Stamm. Kahl noch, ohne ein einziges Blatt. Wie soll ich dieses Sehen beschreiben? Natürlich hatte ich Hunderte von Bäumen gesehen, war oft genug an welchen emporgeklettert. Natürlich wusste ich, was ein Baum. ist. Aber damals als ich in einer fremden, fast feindlichen Umgebung Tag um Tag ohne Zuwendung und Wärme verbringen musste, verstand ich mit einem Mal den Baum, begriff sein Wesen. Die schrundige Rinde sah ich atmen, die Äste wuchsen in mein Zimmer hinein. Ich liebte diesen Baum und begann, mit ihm zu sprechen. Ich weiß noch, dass ich nachdachte über Leben und Tod, dass in dem Baum beides war. Vielleicht war ich sehr krank, obwohl es geheißen hatte, dass nur der Verdacht auf Diphterie bestünde und ich nur aus Sicherheitsgründen und zur Beobachtung ins Krankenhaus müsste.

Ich erinnere mich genau, wie federleicht ich mich fühlte und mit einem Wissen ausgestattet über die Zusammenhänge des Seins. Ich war weder traurig noch glücklich, noch hatte ich Angst. Ich sah nur so vollkommen wirklich die Regentropfen an der Fensterscheibe, die grauen Gebäude jenseits des Rasengevierts. Und den Baum, der seine starken Arme zu mir ins Fenster streckte. Am Ende meiner Krankenhauszeit sprossten die Knospen auf. Ich beobachtete, wie sich die zartgrünen Blätter entfalteten, aus ihrer Hülle entrollten und am Abend sich noch einmal scheu zusammenrollten. Mein Zustand war der einer geschärften Aufmerksamkeit und Wahrnehmung. Ich sah die Dinge - ganz anders als ich sie zu sehen gewohnt war. Ich hatte keinen Wunsch, vermisste nichts und niemanden. Als es dann hieß, ich dürfe wieder nach Hause, war mit einem Schlage alles wieder wie früher. Ich freute mich auf die vertraute Umgebung, auf die Schule, auf die Spielkameraden. Und doch vergaß ich die Erfahrung aus meiner Zeit der Isolierung nicht. Sie begleitete mich, blitzte manchmal auf wie ein Déjà-vu in Augenblicken von Grenzerfahrung, wie sie jeder irgendwann einmal erlebt.

Die Annonce

David erkannte sie schon von weitem. Sie war gerade dem Intercity entstiegen, war noch etwa fünfzig Schritte von ihm entfernt, aber ihr auffallend rot leuchtendes Haar war einfach nicht zu übersehen. Er näherte sich langsam, um sie noch etwas ungestört beobachten zu können.

Vom Photo her, welches sie ihm geschickt hatte, war die Ähnlichkeit nur gering. Ein wenig erschrak er. Sein erster Impuls war: sie ist überhaupt nicht mein Typ! Wie hatte er sich so täuschen können? Oder war das Photo retuschiert gewesen? Wie sie da so stand, ein wenig plump fast, in einem unvorteilhaften Mantel und mit einer Kappe, die ihr nicht zu Gesicht stand, wollte ihn schon der Mut verlassen, auf sie zuzugehen. Aber seine anerzogene Höflichkeit und auch eine Art altmodischer Ritterlichkeit ließ ihn diesen Gedanken sofort verscheuchen.

Der Zug setzte sich bereits wieder in Bewegung. Sie hatte ihre Tasche neben sich auf den Bahnsteig gestellt, schaute nun suchend an den Gleisen entlang in beide Richtungen. Er ging auf sie zu. In ihr mattes Gesicht trat plötzlich ein Leuchten, als sie an ihm das verabredete Erkennungszeichen bemerkte. Ihre ganze Gestalt war wie von einem unsichtbaren Kostümbildner schlagartig verändert, als er jetzt vor ihr stand. Sie blickte ihn offen an. „David?", fragte sie mit einer angenehm dunkel timbrierten Stimme. Er nickte, griff vor Verlegenheit nach ihrer Reisetasche, murmelte „Darf ich?", erleichtert, etwas tun zu können. „Ich habe meinen Wagen direkt vor dem Bahnhof geparkt. Ich hatte Glück. Parkplätze sind hier schwierig zu bekommen."

Er geleitete sie zur Beifahrerseite, öffnete die Tür und half ihr beim Einsteigen. Während er zum Hotel fuhr, welches er für sie ausgesucht hatte, versuchten sie eine erste Unterhaltung.

Es goss in Strömen, und der Verkehr kam immer wieder zum Stocken. David konnte sie nur von der Seite betrachten. Sie hatte ihre Mütze abgelegt, und nun umrahmte das volle Haar ihr Gesicht, fiel in lockeren Wellen von der Stirn und über die Wangen. Ein verlegenes Lächeln umspielte ihre Lippen, die farblich passend zu ihren rötlichen Haaren geschminkt waren.

Es war geradezu frappierend, diese Verwandlung, die sich in seinem Beisein an ihr vollzogen hatte. Jetzt war sie die Frau, die er sich vorgestellt hatte nach ihrer Korrespondenz, nach dem, was er von ihr wusste. Aber das war ja nicht viel. Es waren äußerliche Daten, natürlich auch der Stil ihres Schreibens, wonach er sich ein Urteil gebildet hatte. Vorschnell, wie er sich nun eingestehen musste. Der Austausch von Worten in Briefen, einmal sogar kurz am Telefon, war das eine. Blutlos, ja, so empfand er das bisher Gewusste von ihr. Nun aber ihre Nähe, ganz dicht, ihre Gesten, ihre erstaunliche Mimik. Sie strahlte eine enorme Selbstsicherheit aus, während sie nun aus ihrem Beruf als Wissenschaftsjournalistin zu erzählen begann, die ihn fast ein wenig verunsicherte. Aber wenn sie ihn ansah, wenn er beim wieder mal stoppenden Verkehr ihr direkt ins Gesicht sehen konnte, sprach aus ihren Augen eine solche Wärme, dass er augenblicklich seine Unsicherheit vergaß.

Er sieht gut aus, dachte Vera, besser noch als auf dem Photo. Sie mochte ihn auf Anhieb. Seine hochgewachsene Gestalt, sein schlaksiger, fast jugendlicher Gang. Und seine Hände. Schlank, sensibel, zugleich fähig zu einem festen Händedruck. Würden sie ihr wieder einen neuen Halt geben können? Er kannte ihre Biographie: geschieden mit zwei kleinen Kindern. Dennoch hatte er sie zu treffen gewünscht. Sie hatte in ihren Briefen deutlich zu erkennen gegeben, dass ihr an einem nicht ernstgemeinten Kontakt nicht gelegen wäre. Ja, er machte einen ernsthaften Eindruck, dachte sie bei sich, wenn sie seine Züge betrachtete, während er sich auf den Verkehr konzentrieren musste. Eine gepflegte Erscheinung. Sicher genoss er in seinem Beruf als Architekt Ansehen. Doch, sie konnte sich schon recht gut an der Seite dieses Mannes vorstellen.

Sie waren am Hotel angelangt. Es regnete noch immer. „Hotel Eden, ein symbolträchtiger Name", sagte sie und lachte. Mit Entzücken bemerkte er ihre schönen, glänzend weißen Zähne. Überhaupt war alles, was ihn auf dem Bahnsteig einen Moment lang irritiert hatte an ihr, vollständig verschwunden. Es kam ihm so vor, als betrete jetzt neben ihm eine ganz neue andere Frau das Hotel. Amüsiert musste er sich eingestehen, dass er sich fühlte wie ein verliebter Pennäler.

„Ich möchte mich ein wenig frisch machen", sagte Vera zu ihm. Der freundlich distinguierte Herr am Empfang hatte ihr bereits den Schlüssel zu ihrem Zimmer ausgehändigt. „Ich warte hier unten auf Sie", gab David höflich zur Antwort und spürte, während sie sich elegant und leichtfüßig entfernte, einen Stich im Herzen, als gehe sie ihm allein durch ihre physische Abwesenheit schon verloren. Wie war es möglich, dass sie ihn in dieser kurzen Zeit, die zwischen ihrer ersten Begrüßung auf dem Bahnhof und der nur zwanzigminütigen Autofahrt bis zu ihrer Ankunft im Hotel derart in ihren Bann gezogen hatte, dass er jetzt eine solche Leere in sich fühlte?

Doch das Schwerste stand ihm noch bevor. Der Gedanke daran überfiel sein in Aufruhr befindliches Gemüt wie Trommelschläge die gespannte Haut einer Pauke. Das Geständnis. Was er bis jetzt verdrängt hatte, gleich würde er es machen müssen.

David bestellte einen Kaffee. Er rührte nervös mit dem Löffel in der Tasse, obwohl er weder Zucker noch Milch nahm. Versunken schaute er in den schwarzen Strudel vor sich, da riss ihn ihre ruhige Stimme aus seinen düsteren Überlegungen.

„Würden Sie mir einen Tee bestellen, bitte", sagte Vera und wählte den Platz David gegenüber. Er war im Begriff, aufzuspringen und ihr den Stuhl zurechtzurücken, aber sie hatte sich bereits gesetzt.

Nun saßen sie sich gegenüber. Die ersten unverbindlichen Plaudereien waren bereits während der Autofahrt ausgetauscht. Sie sahen einander an und senkten verlegen die Augen. Sie wussten ja beide, weswegen sie hier waren. Aber es war so schwierig, darüber zu sprechen. Natürlich hatte sich David einen Plan zurechtgelegt, was sie gemeinsam unternehmen würden. Zuerst in die berühmte Kunstsammlung, danach hatte er an einen Spaziergang durch den Schlosspark gedacht. Aber da machte ihm das Wetter einen Strich durch die Rechnung.

Wann würde er es ihr sagen müssen? Gleich jetzt oder doch vielleicht erst später?

Vera war sofort die Veränderung an David aufgefallen. Eine Unruhe, über deren Ursache sie zu rätseln begann. War sie selbst der Anlass? Hatten ihn plötzlich Zweifel gepackt, auf was er sich einlassen würde, wenn sie sich wirklich näher kämen, wie sie es sich wünschte, so viel war ihr schon jetzt klar. Natürlich, was wussten sie schon voneinander. Man müsste sich viel Zeit lassen, man dürfte nichts übereilen, nicht in Panik geraten, wie es ihr leider schon so oft ergangen war. Jedes Mal, wenn sich ein Mann für sie lebhaft interessierte, bekam sie schon Angst, ihn zu verlieren. Und dieser Anklammerungsinstinkt schlug alle unfehlbar in die Flucht.

Diesmal sollte es anders sein. Vera empfand Vertrauen zu diesem Mann. Wie er jetzt seinen Blick hob, sie aus seinen dunkelblauen Augen mit solch einer Melancholie ansah, dass sie diesen Kopf am liebsten gleich an sich gezogen hätte, empfand sie eine große Zärtlichkeit für diesen Menschen. Ja, dachte Vera, er würde ihren Kindern ein liebevoller Vater sein können.

54

Noch hatten sie über gar nichts gesprochen, was sie beide anging. „Vera", sagte David leise und legte die Hand auf die ihre. Sie hörte ihn schwer atmen, wartete, suchte seine Augen. Er sah sie nicht an, aber seine Hand umschloss die ihre fest.

Wie haltsuchend, dachte sie. Etwas bedrückt ihn, ich muss ihm helfen, dachte sie und erwiderte seinen Händedruck, strich sanft mit dem freien Daumen an seinem Handrücken entlang, als gelte es, ein trauriges oder krankes Kind zu trösten.

Diese unerwartete zärtliche Geste, die in absolutem Kontrast zu ihrem intellektuellen Habitus stand, vernichtete seine Angst mit einem Schlage. Zum zweiten Mal begann er, diesmal ihr voll in die Augen sehend: „Vera, ich muss Ihnen etwas gestehen." Er wollte nicht erst mit falschen Karten zu spielen beginnen.

„Ja?" fragte sie, ihn ermunternd, weiterzusprechen, auch wenn nun ihrerseits Angst vor etwas Unbekanntem, was zwischen sie treten würde, was von vornherein ihr Zusammenfinden verhindern würde, von ihr Besitz ergriff.

David hatte seine Hand von ihr fortgenommen. Er musste all seine Energie sammeln. Er musste es schaffen. Das Geständnis. Nur dann könnten sie frei füreinander sein.

Aber der Vorsatz war leichter als dessen Ausführung. Ihm wurde heiß und kalt, und seine Nackenhaare sträubten sich. Eigentlich begriff er in diesem Moment sich selbst nicht mehr, und welch ein Wahnwitz ihn dazu getrieben hatte, sich mit einer unbekannten Frau zu verabreden, ihr sogar Hoffnungen gemacht zu haben auf ein gemeinsames Leben.

Hilfesuchend blickte er Vera an, die ihm jetzt so schön und unerreichbar vorkam. Nein, es war zu ungeheuerlich, er durfte es ihr nicht sagen, sonst hätte er sie unweigerlich verloren. Verloren für immer.

„Was bedrückt Sie so sehr?" fragte nun Vera, die seinen inneren Kampf sehr wohl erahnte, „wollen Sie es mir nicht sagen?"

Ja, sollte er es nicht doch wagen? Diese Frau hatte doch selbst schon Leid erfahren und ertragen. Vielleicht könnte sie ihn verstehen. Vielleicht würde sie ihn nicht verabscheuen.

Sie erhoben sich, verließen das Hotel. Der Regen hatte noch immer nicht aufgehört. Sie spannten keinen Schirm auf. Panikartig waren sie plötzlich aufgebrochen, hatten sich nur die Mäntel übergeworfen. Wortlos und ziellos liefen sie jetzt nebeneinander durch den angrenzenden Park. Der niederprasselnde Regen durchweichte Veras Haar, aber es störte sie nicht. Neben ihr ging David, um eine gute Kopflänge größer als sie. Am liebsten hätte sie sich an seine Schulter gelehnt. Auch sie brauchte ja Schutz und Anlehnung, Verstehen und Zärtlichkeit. Unter weit ausladenden Buchen breitete sich junger Bärlauch mit seinen weißen Rispenblüten wie ein Riesenteppich aus. Ihre Schritte knirschten im Kies.

„Meine Frau ist nicht tot", sagte David plötzlich mit tonloser Stimme. Tak-tak tak tak tak tak. Vera hörte Regentropfen. Sie tropften ihr von der Stirn, von der Nase, von den Haaren. Hatte David etwas gesagt? Meine Frau ist nicht tot. Tak tak tak. Ist – nicht – tot.

„Sie liegt seit drei Jahren im Koma", sagte er, „ich besuche sie jeden Tag".

Jeden Tag, tak – tak – tak.

„Ihr Zustand ist unverändert seit jenem tragischen Unfall."

Den letzten Satz hatte er fast nur noch gehaucht.

Vera hielt ihr Gesicht gegen den Regen. Hart und heftig schlug er wie eine Schrotladung auf ihre Stirn. Sollten doch diese Salven, die nun auch in ihren Ohren hämmerten, sie durchlöchern. Vorbei sollte es sein. Ein für alle Mal vorbei.

David hatte während seines Geständnisses stur geradeaus geschaut. Erst jetzt, als er sich wie von einer Zentnerlast befreit fühlte, sah er zu Vera hin und erschrak bei ihrem Anblick so heftig, dass er sie wie eine Fallende in den Arm nahm, sie festhielt, ihren Kopf mit den völlig durchnässten Haaren an sich zog und irgendwelche dumme zärtliche Worte zu ihr sprach, sie beruhigte, sie wärmte, ihr das Gesicht trocknete, ihren zitternden Körper barg wie Treibgut.

„Wirst du auf mich warten?" fragte er.

„Wirst du auf mich warten?" wiederholte er seine Frage, Vera noch immer im Arm, auch er durchnässt bis auf die Haut.

Aber es war gut. Sie war bei ihm, sie war ihm nah. Er küsste ihre Augen, die nach Salz schmeckten. Jetzt öffnete sie die Lider, die hellen Wimpern umgaben ihre meergrünen Augen wie Schaumkronen. „Wirst du warten können?" fragte er zum dritten Mal.

58

Sphinx

Sie war dezent geschminkt. Das fiel ihm auf, als er im Foyer des Hotels an ihr vorbeiging. Er hatte es soeben betreten, während sie kurz zuvor die Treppe heruntergekommen war, am Empfang ihren Schlüssel abgegeben hatte und nun mit festen, selbstsicheren Schritten an ihm vorüber dem Ausgang zustrebte. Lockeres, offenes schwarzes Haar, bemerkte er noch. Da war sie schon durch die Glastür entschwunden. Die Frau interessierte ihn. Ein kurzer durchdringender Blick hatte ihn gestreift. Würde er sie wiedersehen?

Schon am nächsten Morgen im Frühstücksraum hatte er Gelegenheit, sie näher zu betrachten. Sie kam allein, bestellte einen Tee, nahm die Zeitung und vertiefte sich darin. Ihm schenkte sie keinerlei Beachtung. Von Zeit zu Zeit schaute sie auf ihre Armbanduhr, als erwarte sie jemanden. Er bemerkte, wie sie, zunehmend unruhig, durch die Gardinen die Straße beobachtete. Sie trug ein sandfarbiges Wollkostüm, welches zu ihren dunklen Haaren kontrastierte. Ein kaum merklicher Lidschatten betonte ihre blauen Augen. Die Lidränder waren nicht nachgezogen und auch die Wimpern, auffallend schöne, lange und gebogene Wimpern waren, soweit er dies zu erkennen meinte, naturbelassen.

Was ihn bereits nach kurzer Beobachtungsdauer besonders faszinierte, war das ungeheuer lebhafte Mienenspiel. Am Abend hatte er sie für äußerst distanziert gehalten und ebenso diszipliniert in der Beherrschung ihrer Mimik. Jetzt schien das Gegenteil der Fall zu sein. Merkte sie denn gar nicht, dass man in ihren Gesichtszügen lesen konnte wie in einem offenen Buch? Sie schien sich dessen entweder nicht bewusst zu sein oder sich nicht darum zu scheren.

Dr. Matthias Günther begann sich zu fragen, wie alt sie wohl sein mochte. Dreißig oder vielleicht schon vierzig? Im Grunde interessierte ihn ihr Alter wenig. Er war vor allem froh über die Abwechslung, die ihm die Beobachtung bot. Gleich würde er zum Kongresszentrum aufbrechen müssen und die, wie er aus Erfahrung wusste, meistens öden Fachvorträge an sich vorüber rauschen lassen.

Ihre Züge waren jetzt gespannt vor Erwartung, während sie zum Fenster hinausschaute. Sekunden später bereits sank sie in sich zusammen, weil sie sich offenbar in ihrer Erwartung enttäuscht sah. Doch plötzlich öffneten sich ihre Lippen in freudiger Erregung. Im selben Augenblick sah Matthias Günther einen hochgewachsenen Mann die Lounge betreten. In seinem dunklen Cashmeremantel machte er eine gute Figur, das musste Günter zugeben. Und wie er jetzt auf sie zueilte und sie umarmte, wobei er seine locker bis zum Nacken fallenden Haare lässig-elegant schüttelte. Es entspann sich ein Gespräch zwischen den beiden, flüsternd und erregt geführt. Nur Wortbrocken drangen an seine Ohren. Verstehen konnte er nichts von ihrer Unterhaltung.

Umso eindringlicher spiegelte sich auf ihrem Gesicht ein wahrer Sturm von Gefühlen. Die Hände, die sie anfangs ruhig auf dem Tisch hatte liegen lassen, sprangen auf wie kleine wild gewordene Katzen, spreizten sich, legten sich zusammen, schmiegten sich an die Hände ihres Gegenübers.

Ihr Gesicht wurde jünger und jünger, und nun meinte Günter eine zwanzigjährige Verliebte vor sich zu sehen. Ihr Profil war klassisch schön: eine sehr gerade Nase, eine leicht gewölbte hohe Stirn, die Lippen voll und sinnlich über makellos weißen Zähnen.

Als nun dieses leicht spitzbübische Lächeln über ihr Gesicht huschte, hatte Matthias Günther ganz deutlich das Gefühl eines dejà-vu-Erlebnisses. Etwas bereits Gesehenes, Erlebtes blitzte vor seinem geistigen Auge auf.

Langsam erhob er sich, ging dicht an ihrem Tisch vorbei, so dass sie aufschauen musste. Und da traf ihn wieder wie schon am vergangenen Tag ihr Blick. Scharf und stechend wie ein Blitz. Wie im Reflex musste er seine Lider senken. Dieser Blick war kein Zufallsblick. Ihre Gesichtszüge hatten von einem Moment bis zu dem, als sie ihn ansah, einen fast tödlichen Ernst bekommen. Ihm schien, dass sie seine Gedanken wie auf einem Röntgenbild als Negativ abgebildet sah und wie eine Magierin sofort zu deuten wusste.

Als er die Treppe zu seinem Zimmer hinaufstieg, spürte er noch ihren Blick im Rücken. Und plötzlich war die Leere, mit der er in diese Stadt gekommen war, von ihm genommen. Ja, er glaubte jetzt zu wissen, dass sie keine ihm Unbekannte war. Deshalb auch der durchdringende Blick. Er war sich nicht hundertprozentig sicher, ob er sich nicht täuschte. Aber er sah jetzt ganz deutlich Gisela Gabrieli wieder vor sich, wie sie damals, vor zwanzig Jahren, ausgesehen hatte. Verliebt war sie in ihn gewesen. Richtig verliebt. Und er hatte sie nur als flüchtige Geliebte benutzt. Als sie das erkannt hatte, war ihr italienisches Temperament über ihn hereingebrochen wie eine Naturkatastrophe. Und natürlich war es aus zwischen ihnen, was ihn damals, als ihn viele Frauen im Institut umschwärmten, nicht weiter schmerzte. Erst ein paar Jahre später hatte er sich noch einmal für sie zu interessieren begonnen. Sie hatte ihr Medizinstudium beendet und schrieb an einer Dissertation, über die bereits in Fachzeitschriften berichtet wurde. Da erst wurde ihm ihre enorme Tüchtigkeit bewusst. Und als Opportunist, der er nun einmal war, wollte er wieder mit ihr anbändeln. Doch er hatte sich in seinem Charme, den er zweifellos besaß und auch weidlich einsetzte, maßlos überschätzt. Gisela ließ ihn kühl und entschieden abblitzen.

Dr. Günter musste sich beeilen, wenn er nicht den ersten Vortrag über „Ergonomie am Arbeitsplatz" versäumen wollte, einen der wenigen, die ihn überhaupt interessierten.

Als er beim Verlassen des Hotels einen schnellen Blick in den Frühstücksraum riskierte, war sie nicht mehr an ihrem Platz. Er gab dem Taxifahrer Order, zum Kongresszentrum zu fahren, und ließ sich in den Sitz sinken.

Wie immer um diese Zeit, nicht nur hier in Düsseldorf, sondern eigentlich in allen Städten, waren die Straßen verstopft, und der Verkehr bewegte sich nur stockend vorwärts. Aber seine Nervosität rührte nicht nur daher. Fieberhaft überlegte er, wie er es anstellen sollte, mit Gisela Gabrieli, wenn sie es denn überhaupt gewesen war, wieder Kontakt aufzunehmen. Ob sie auch anlässlich des Kongresses hier war? Dann würde sich bald eine Gelegenheit ergeben, sie anzusprechen. Wenn aber nicht? Wenn sie womöglich bei seiner Rückkehr zum Hotel schon abgereist war? Er wusste, dass der Portier niemals ihre Adresse rausrücken würde. In der Beziehung hatte er schon mehrmals Schiffbruch erlitten.

Gerade fuhr das Taxi am Dreischeibenhochhaus vorbei. Dann sah Günter am Ende einer Baumallee das Schloss Jägerhof herausschauen. Ein wenig entspannte sich die Verkehrslage, und auch er wurde ruhiger. Komisch, dass ihm der „Würfelwurf" von Mallarmé jetzt einfiel: Ein Würfelwurf bringt nie zu Fall / Zufall".

Warum jetzt nach zwanzig Jahren, wo er die Gabrieli schon vergessen hatte?

Günter musste sich eingestehen, dass seine Aufregung daher rührte, dass mit ihm selbst seit einiger Zeit nicht alles zum Besten stand. Gewiss, beruflich war er durchaus erfolgreich. Seine Praxis lief gut. Aber privat, in seiner Ehe mit Monika vor allem, befand er sich in einer Krise. Vor elf Jahren hatte er sie geheiratet, weil ihre Tochter Sarah unterwegs war und außerdem – aus Dankbarkeit. Beides nicht unbedingt Gründe oder Basis für ein dauerhaftes Glück. Aber er hatte es damals so gewollt. Monika hatte sich seiner angenommen, als er sich in einer tiefen Depression befunden hatte. Echte Liebe war es von seiner Seite wohl nie gewesen. Dennoch war es ihnen gelungen, ein harmonisches Familienleben aufzubauen. Nur in letzter Zeit hatte Matthias immer öfter einen Mangel zu spüren geglaubt – bei sich. Eine Unzufriedenheit, eine unbestimmte Sehnsucht. Morgens in der Praxis stellte er mit seinen Klassik-CDs ein Programm für den Tag zusammen, die als leise Hintergrundmusik ihn bei der Arbeit begleiteten und – er musste es sich jetzt eingestehen – ihn immer trauriger stimmten. Aber was war es, was er suchte?

Der Vortrag von Dr. Rossel über Ergonomie war gut gewesen. Dr. Günter gedachte, einiges davon in seiner Praxis anzuwenden. Für knallharte Kalkulationen im Geschäftsleben war er stets zu haben. Es machte ihm Spaß, wenn das Miteinander mit seinen Mitarbeiterinnen reibungslos und zufriedenstellend verlief.

Matthias war kein Mensch, der Konflikte und Reibereien liebte. In seinem Berufsleben klappte das auch anstandslos. Er wusste und spürte, dass er ein beliebter Chef war.

Von der Gabrieli keine Spur im Kongresszentrum. Ihn hielt es deshalb auch nicht länger dort. Er wollte zurück ins Hotel. Vielleicht hatte er dort noch eine Chance, ihr zu begegnen.

Der Himmel hatte sich bewölkt. Als das Taxi über die Rheinbrücke fuhr, knallten die ersten Tropfen aufs Autoblech. Im Nu waren Straßen und Bäume nass.

Sein blonder Haarschopf hing in Strähnen in sein Gesicht, als er das Hotel betrat. Die wenigen Schritte vom Taxi zum Hoteleingang hatten genügt, ihn durchzuweichen. Wenn sie ihn jetzt so sähe, dachte er, wäre das nicht sehr vorteilhaft für ihn. So schnell er konnte, verschwand er auf sein Zimmer, ohne sich suchend umgesehen zu haben. Erst einmal duschen und umziehen. Dann würde er weitersehen.

Dr. Matthias Günter wählte den hellen Leinensakko. Ihm fiel ein, dass er einen ähnlichen damals besessen hatte, als er Giselas Geliebter war. Wie gut, dass er ihn mitgenommen hatte. Immer mehr Erinnerungen an ihre gemeinsame Zeit stellten sich ein. Und immer wichtiger schien ihm, noch einmal mit ihr sprechen zu müssen. Er wollte jetzt nichts mehr dem Zufall überlassen. Er musste sie sehen, nur so viel wusste er.

Am Empfang fragte er selbstbewusst nach Frau Dr. Gabrieli, mit der er hier verabredet sei.

„Einen Moment bitte", der Empfangschef blätterte in der Gästeliste, ließ seinen Finger die Namenskolonnen abwärts gleiten und hielt plötzlich inne. Günter stockte der Atem. Er hatte sie also gefunden.

„Tut mir leid", hörte er jetzt wie durch einen Vorhang die sonore Stimme seines Gegenübers, „Frau Dr. Gabrieli ist heute Vormittag abgereist."

Matthias spürte, wie Röte seine Gesichtshaut zu überflammen begann und beeilte sich, aus der peinlichen Situation zu entkommen. „Ach ja", antwortete er, „dann ist sie sicher schon zur nächsten Station ihrer Reise aufgebrochen. Vielen Dank."

Ein wenig zu schnell wandte er sich ab, wusste im Grunde nicht wohin und war froh, dass der Fahrstuhl kam, mit dem er zu seinem Zimmer zurückfuhr. Dr. Günter ließ seinen Blick im Zimmer umherwandern. Geschmackvoll war es eingerichtet, das musste er zugeben. Die Lampen hatten schöne Schirme, und der Einbauschrank war aus Edelholz. Sein nasser Anzug hing noch auf einem Bügel im mit Marmor gefliesten Bad. Aber was sollte er hier noch länger?

Seine Gedanken wanderten nach Hause, zu Monika, zu Sarah, zu seiner Kunstsammlung, zu seiner Klarinette, auf der er vor kurzem wieder zu spielen begonnen hatte. Und er wusste plötzlich, wohin ihn seine Sehnsucht zog. Dorthin. Wo man ihn liebte. Wo er zu Hause war.

Froh darüber, dass nicht eine dumme, sentimentale Erinnerung ihn aus seinem sicheren Lebensgefüge herausgerissen hatte, begann Matthias, die Melodie aus Mozarts A-Dur-Klarinettenkonzert leise vor sich hin zu pfeifen.

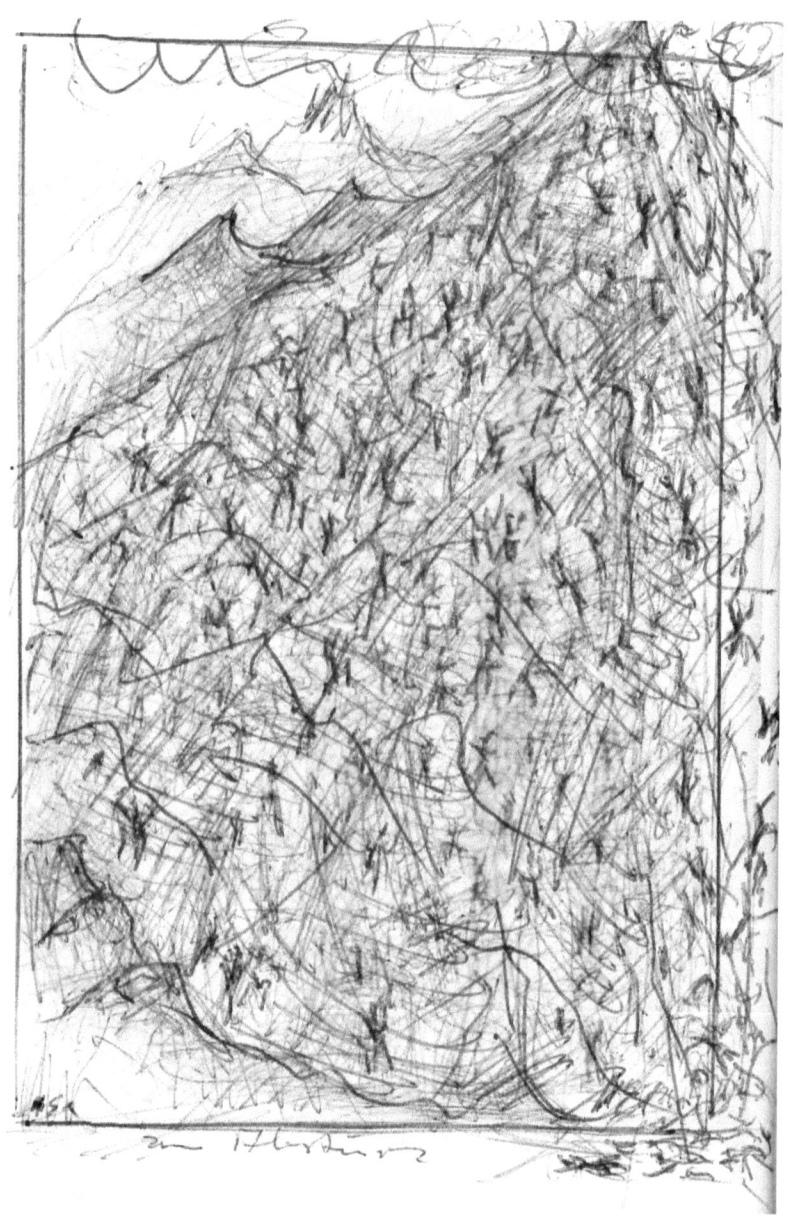

Der Berg

Vor einem Jahr hatte Jürgen mit dem Bergsteigen begonnen. Es war ein Sport, der ihm allein gehörte. Genau genommen, allein gehörte wie auch seine Firma. Aber an die wollte er jetzt gerade nicht denken. Vielleicht hatte er sogar mit dem Bergsteigen angefangen, als ihm selbst immer klarer wurde, dass sein Geschäft nicht mehr lief, schon länger nicht mehr, seit diesem vergangenen Jahr aber besonders schlecht.

Es war Montagmorgen. Seine Abreise in die Alpen hatte er wegen einer noch dringend fertigzustellenden Installation verschieben müssen. Seine Frau war mit den beiden Söhnen Ingo und David schon vorausgefahren. Sie würden sich ohnehin am See vergnügen, während er sich dieses Jahr eine seine Kräfte herausfordernde Besteigung eines Viertausenders vorgenommen hatte.

Jürgen sah hinaus in den Garten. Die warme Julisonne produzierte kleine Dampfschwaden über dem noch regennassen Rasen. Solche Nebel gab es auch im Hochgebirge. Sie schwebten zwischen den Gipfeln und hatten ihn schon manches Mal zu der verlockenden Vorstellung verleitet, wenn er am Felsen hing, sich einfach hineingleiten zu lassen.

Plötzlich riss ihn die Türschelle aus seinen Träumen. Musste das wirklich sein, diese Störung am frühen Morgen? Es war doch bekannt, dass er in Urlaub gefahren war. Eigentlich war er ja im Grunde gar nicht mehr da. Jürgen ließ es ein zweites Mal schellen. Dann ging er doch zur Tür und öffnete. Es war der Briefträger. Ungewöhnlich zu dieser Zeit. Er hielt ihm einen Brief entgegen und verlangte zwei Mark Nachporto. Ärgerlich ging Jürgen ins Haus, um sein Portemonnaie zu holen.

„Wieder mal ein Kunde, der dachte, er, Jürgen Bach, Inhaber der Firma JÜBA, hätte es ja ...", schoss es ihm durch den Kopf, als er mit der Geldbörse zur Haustür zurückkehrte.

Wenn er doch schon in den Bergen wäre, da blieb die Welt weit unten, gingen einen Geschäfte nichts mehr an!

Er nahm das längliche Couvert entgegen mit noch einem ganzen Schwung anderer Post. Dabei hatte er heute an seinem ersten Urlaubstag nicht mal mehr in den Briefkasten schauen wollen. Mit fettem blauem Kreidestift war 2,00 quer auf den Umschlag geschrieben! Er knallte den Postberg auf die Anrichte. Auf keinen Fall würde er nachsehen, wer da alles etwas von ihm wollte. Denn so war es meistens. Immer wollten alle etwas von ihm. Er aber wollte jetzt einmal ganz für sich allein sein. Mit sich und der Felswand, den Himmel über sich und weit, weit unten das Tal, Wiesen, Auen, Wälder, Häuser, Menschen, Vieh. Wenn er mit dem Berg ringen musste um einen sicheren Aufstieg, wurde alles andere unwichtig für ihn. Und dieses Gefühl suchte er.

Jürgen stellte die Espresso-Maschine an und pries in diesem Moment den perfekten Haushalt, wie ihn seine Frau führte. An ihrem Bungalow hatte er selbst Hand angelegt. Und doch blieb er ihm eigenartig fremd. Im Grunde war das nicht seine Welt. Der Marmorboden, die auserlesenen Möbelstücke, die perfekte Küche. Zu glatt, dachte er. Eine polierte tote Oberfläche. Wie anders dagegen das raue Gestein, an das er sich mit seinen Händen klammern konnte, die Unebenheiten der Felswände, die seinem Fuß Halt boten.

Der Espresso tat ihm gut. Noch einmal ging er im Geiste die Checkliste für die Reiseausrüstung durch: die Haken, das Seil, die Schuhe, die Karten, den leichten Rucksack mit Anorak, Mütze und Handschuhen, das Notzelt, den Propangaskocher, Taschenlampe, Wasserflasche. Immer wieder kam es einmal vor, dass Kaltwetterfronten einen im Berg überraschten und einen Abstieg unmöglich machten. Für solche Notfälle musste man ausgerüstet sein. Zu gerne hätte er auch seine beiden Jungen einmal mitgenommen. Natürlich nicht auf Extremtouren. Aber mit in die Einsamkeit der Berge, die anders war als das Meer oder die Seen, auf denen sie gemeinsam segelten. Er wollte sie lehren, sich der Herausforderung der Berge zu stellen. Mit den bloßen Händen Halt suchen...

Bevor er zur Garage ging, fiel im Vorbeigehn sein Blick noch einmal auf die Post, der er erleichtert den Rücken zukehrte, um endlich in die ersehnten Ferien aufzubrechen. Doch als er gerade die Tür hinter sich zuziehen wollte, stockte mit einem Mal sein Schritt. Irgendetwas an dem so demonstrativ verunstalteten Brief hatte ein Signal bei ihm ausgelöst. Was es war, wusste er im Moment nicht zu erklären. Es war nur ein kurzes Stutzen, das ihn zögern ließ, die Tür ins Schloss zu ziehen.

Jürgen drehte sich um. Die Sonne stand nun schon höher und durchflutete die helle Eingangshalle. Unter dem Nachporto-Brief schaute ein anderes Couvert heraus, und er wusste plötzlich: das war es gewesen. Er erkannte die zierliche Handschrift seiner Schwester.

Warum sie ihm wohl schrieb? Auch sie musste ihn bereits an seinem Ferienort vermuten. Im Übrigen schrieben sie sich nur sehr selten. Das Telefon war eine entschieden praktischere Sache. Aber auch davon machten sie beide wenig Gebrauch. Man wusste genug voneinander und musste sich nicht ständig über Unwesentliches informieren. Ohnehin würden sie auf ihrer Rückfahrt bei Ines Station machen. Was also wollte sie von ihm?

Jürgen zog den schmalen leichten Brief heraus, ein Fachblatt fiel dabei mit einem unangenehmen Geräusch zu Boden.

Als er das Couvert öffnete, zitterten seine Hände. Jürgen war über sich ärgerlich. Ein Bergsteiger darf niemals zittern, schoss es ihm in den Sinn. Dann hielt er ein liniertes Blatt Papier vor sich, aber er konnte die kleine Schrift nicht entziffern. Auch das machte ihn ungeduldig. Er würde erst noch seine

Lesebrille holen müssen. Ein neues Eingeständnis, dass er eigentlich für das Bergsteigen bereits zu alt sein könnte. Die Augen müssen die kleinste Ungenauigkeit wahrnehmen können, es kann sonst zu folgenschweren Fehlern kommen. Endlich hatte er die Brille aus der Schublade des Sekretärs geholt, dieses seltsame Gestell mit den schmalen Gläsern, über die hinweg man sein Gegenüber anschauen kann. Er verwendete sie nur, wenn es unbedingt nötig war.

„Liebster Jüggi", las er. Wann hatte Ines ihn das letzte Mal so genannt? Waren sie da nicht noch Kinder?

Ein Bild, ein kurzer Film, stieg in seiner Erinnerung hoch. Jürgen hörte seinen Namen schreien: „Jüggi, hilf mir, Jüggieh!" Er rannte los, ohne sich zu besinnen, rannte dem Schrei nach, um das Haus, um die Scheune. Von dort hörte er die Schreckensrufe kommen: „Hilfe, Jüggi". Das dünne helle Stimmchen von Ini, wie er sie damals nannte, jammernd, immer wieder seinen Namen rufend.

Er sah seine kleine Schwester, als er um die Ecke der Scheune bog. Nein, er sah nur ihre mageren Ärmchen auf dem Rand der Jauchegrube, und der Herzschlag setzte für einen Moment aus vor Schreck. Der Deckel der Grube war zur Seite gerutscht. Jetzt sah er auch Ines' weizenblonden Haarschopf, dicht unterhalb des Beckenrandes. „Ini, wart', ich komme, ich helf' dir, ich bin ja da!"

Ihr Schreien ging in Schluchzen über. Sie hatte Jürgens Stimme gehört. „Ich helf dir raus, Ini, halt dich noch einen Moment." Fieberhaft überlegte er, wie er sie aus dem elend stinkenden Loch herausziehen könnte. Er hatte ja selbst keinen Halt, der Betonrand war glitschig, die hölzerne Abdeckung die reine Seife. „Jüggi, ich kann nicht mehr." Ines' Stimmchen drohte zu versagen. Sie schafft es nicht mehr lange, war sein einziger Gedanke. Ich muss, ich muss ... Da sah er den Metallknauf der Scheunentür. Wenn er sich daran festhielte und mit

70

dem anderen Arm bis zu Ini reichen würde, dann könnte er sie halten- Festhalten, bis einer sie beide retten würde. „Ich helf dir, Ini, gleich, gleich, halt noch ein bisschen aus, nur ein kleines bisschen", rief er der Schwester zu, die in der Jauche gefangen war wie in einem Sumpf. Er wusste, sie wäre verloren, wenn er es nicht ganz schnell schaffte, sie festzuhalten.

Die Tür gab mit einem knarrenden Laut nach und öffnete sich. Er gewann dadurch ein gutes Stück Nähe. Er betete, dass es reichen möge, selbst schon fast verzweifelt und doch immer noch sein Schwesterchen beruhigend: „Ini, hab keine Angst, ich schaff' es."

Jetzt wurde sie still, sie wimmerte nur noch leise. Sie konnte nicht sehen, was er tat. Aber sie hatte grenzenloses Vertrauen in ihren großen Bruder. Nur, solche Worte kannten sie damals noch nicht, dazu waren sie noch zu klein. Aber das Gefühl war da. Ein gutes, starkes Gefühl.

Da fühlte Ines eine Hand nach der ihren greifen. „Jüggi, du bist es." Matt war ihre Stimme geworden. Fest griff Jürgen um ihr Handgelenk.

So hing er zwischen Scheune und Jauchegrube. Und nun musste er durchhalten, vielleicht sehr lange, unendlich lange. Aber er würde es tun, und wenn ihm der Arm abfiele vor Schmerz. Erst jetzt besann Jürgen sich, dass er um Hilfe rufen müsste. Die Mutter war einkaufen. Und ob die Oma im Haus ihn hören könnte, daran konnte er selbst nicht glauben. Aber er schrie, so laut er konnte: „Mama, hilf uns, Oma, Hilfe, Mama, Oma! Hier sind wir!" Nichts war zu hören, nur irgendwo, ziemlich entfernt, das Bellen eines Hundes. Schon wurde sein linker Arm lahm. Er begann zu prickeln, zu stechen wie von tausend Stecknadeln oder Ameisen gepiekt. Nur nicht loslassen, war sein einziger Gedanke, nur meine Ini nicht loslassen.

Wie dann alles gekommen war mit der Hilfe, daran konnte er sich nur verschwommen erinnern, Irgendwann musste doch einer der Nachbarn seine Rufe gehört haben. Als er sie beide sah, war er kreidebleich geworden und hatte „O mein Gott" gemurmelt, war in die Scheune geeilt und hatte die große Leiter herausgeholt und über die Jauchegrube gelegt, darüber sich selbst, und mit seinen starken Armen Ines herausgezogen. Sie hatte das Bewusstsein verloren.

„Du hast deiner Schwester das Leben gerettet", hatte der Nachbar zu ihm gesagt und ihm mit seiner schweren schwieligen Hand auf die Schulter geklopft. Aber die war ganz taub und fühlte nichts.

Auf den Armen des Bauern schlug Ines die Augen wieder auf. „Jüggi", flüsterte sie und sah zu ihrem Bruder hinunter. Und er hatte sich sehr groß gefühlt, damals, mit seinen sechs Jahren.

„Liebster Jüggi", las Jürgen jetzt noch einmal, und plötzlich fühlte er, dass diese Anrede Alarm bedeutete. Zitternd las er die wenigen Worte, die dann folgten. „Ich glaube, ich halte nicht länger durch. In Liebe, Deine Ines."

Jürgen sah wieder seine kleine Schwester vor sich, ihre Ärmchen, hörte ihre Stimme „Hilf mir!" rufen.

Einmal hatte er ihr das Leben gerettet. Würde es jetzt zu spät sein? Der Berg würde warten müssen. Er selbst und seine drängenden ungelösten Probleme waren mit einem Mal ganz und gar unwichtig. Ein Mensch brauchte ihn. Jetzt. Dringend. Seine Schwester war erwachsen geworden. Sie drückte es nicht in Worten aus, diese letzte, entscheidende Bitte: Hilf mir.

Er aber verstand genau und wusste, was er zu tun hatte.

74

Nutzlos

Vor dem Fenster der Liegestuhl. Unerreichbar. Das Klackern und Klirren der Schlüssel am Bund, wenn sich die Türen öffnen, schließen, öffnen. Nur nicht für ihn. Der seltsam schleichende Gang dieser Personen in den Fluren. Was macht er hier? Er gehört hier nicht hin. Es ist ein Irrtum.

Er hat nur eine Frage wahrheitsgemäß beantwortet. Da hatten sie schon eine Diagnose parat. Er sah es in ihren Augen.

Aber er hatte keine Ahnung, was sie für ihn bedeuten würde.

Im Verlaufe von sechs Wochen ging ihm seine Welt kaputt. Jegliches Vertrauen zerbrach. Eingeschlossen. Entmündigt. Jeden Tag eine Dosis Drogen. Sie nennen es Medikamente. Sie wollen ihm helfen. Helfen, helfen. Nein. Sie wissen nichts. Sie tun, als wüssten sie etwas. Alles. Über das, was sich im Kopf abspielt. Und er wird immer müder. Und immer wacher. Hellwach. Er sieht sich im Spiegel. Bist du das, fragt er sich. Er sieht seine geöffneten Augen. Die sich nicht schließen wollen. Auch nachts nicht. Er soll über sich sprechen. Über seine Vergangenheit. Über seine Kindheit. Über seine Träume. Aber er will nicht. Unkooperativ. Aggressiv. Hypermotorisch. Unsinnige Sätze wird er später in dem Dossier, welches sie über ihn anfertigen, lesen. Er soll sie gesagt haben. Er hat sie gesagt. Aber sie sind nicht verrückt. Jeder sagt sie oder denkt oder verschweigt sie. „Sie sind ein Arschloch." Sie wollen dich fertigmachen. Sie wollen dir helfen.

Er steht vor dem Fenster mit Gittern. Klammert sich dran. Sieht das Grün. Das Blau. Will atmen. Will sich bewegen. Laufen, laufen. Immer weiter. Will unter den Sternenhimmel.

Das weiße Viereck entlässt ihn nicht.

Er will nicht „Mensch ärgere dich nicht" spielen. Er will keine Körbe flechten. Er will nicht. Er will keine Gespräche mit Menschen führen, die er nicht mag. Er ist unkooperativ.

Es ist Sommer. Er will die Sonne auf seiner Haut spüren. Er ist müde. Er bleibt tagelang auf seinem Bett liegen. Er will allein sein. Er verlangt nach der Einzelzelle. Die hält er nicht aus. Er braust auf. Er will raus. Nur noch raus. Er zwängt sich zwischen Essenwagen und Türspalt. Sie kommen mit einer Spritze.

Wie kam er hierher? Er hatte noch seinen Tennisdress an. Das ist doch nicht normal, dass einer mit Tennissachen hier ankommt. Das ist doch nicht normal, dass einer freiwillig hier mit hergeht. Das ist doch nicht normal, wenn einer Tennis spielt wider alle Regeln. Einfach so, wie es ihm Spaß macht. Das kann doch nicht passieren, dass sich dabei jemand die Knie blutig schlägt, weil er hinfällt. Da muss doch etwas dahinterstecken.. Das ist doch nicht normal.

So hat es keinen Zweck. So kommt er nie hier raus.

Er fängt an zu erzählen. Er wühlt in seiner Vergangenheit. Alles, was er zutage fördert, muss den Anschein von Unglück haben. Sonst wäre er nicht hier. Er kann keine glückliche Kindheit verbracht haben. Er erzählt erdachte Träume. Sie werden zufriedener mit ihm. Er macht Fortschritte. Er darf in den Aufenthaltsraum mit den Liegestühlen. Noch nicht nach draußen. Er will nur noch eins: Weg von hier. Raus aus diesem Irrenhaus. Draußen, im großen Irrenhaus kann man sich frei bewegen. Nur das möchte er. Frei sein.

Vertrauen hat er zu keinem. Alle wollen ihm nur helfen. Stopfen ihn voll mit Psychopharmaka. Die haben Wirkungen, haben Nebenwirkungen. Die heben sich gegenseitig auf. Bald fragt er sich, ob er wirklich krank sei. Seine Motorik wird schlaff. Die wissen nichts. Die probieren mit dir rum. Es gibt unzählig viele Synapsen im Gehirn. Sie erhöhen die Dosis. Wenn du gut drauf bist, halten sie die Dosis. Sie haben Angst. Sie wissen nichts.

Er ist 19 Jahre. Er ist der jüngste Patient. Das Urteil haben sie nach einem kurzen Verhör gestellt. Sie nannten das Diagnose. Die Diagnose trifft auf die da draußen zu. Die reden mit zwei Zungen. Sind scheißfreundlich und würden am liebsten ihrem Nachbarn irgendwohin treten oder den Hund vergiften, der ewig kläfft. Du durchschaust das alles. Du bist luzide. Du siehst die Dinge klarer als klar. Du riechst, hörst, fühlst in alles hinein. Die Oberflächen platzen auf. Die Fassaden sind gesprengt, die Masken abgerissen. Du bist schnell, überschnell im Reagieren. Du sagst einen Begriff, den der andere noch nicht vom Gehirn über die Zunge gebracht hat. Du hast keine Bremse im Kopf. Das ist unheimlich. Das ist nicht, wie es sein soll. Das ist gefährlich. Dafür wirst du eingesperrt.

Nach sechs Wochen ist er draußen. Die Bedingung: zwei Jahre Medikamente. Wöchentliche Kontrollgespräche. Endlich frei. Aber das Umfeld hat sich verändert. Er hat sich verändert. Diese sechs Wochen haben sein Leben von Grund auf verändert.
Zu Hause sind sie viel zu rücksichtsvoll, viel zu besorgt. Er spürt die bohrenden Blicke der Nachbarn. Er möchte fortlaufen. Aber er weiß, dass es falsch wäre. Es würde ihn wieder seine Freiheit kosten. Und dann für länger.
Jeden Morgen muss er seine Kapsel schlucken. Er tut es, um sie zu beruhigen. Er weiß, dass seine Eltern es gut mit ihm meinen. Aber er weiß auch, dass er nicht krank ist. Deshalb entfernt er das Pulver in der Kapsel, tauscht es aus mit Zucker. Schluckt die Kapsel in ihrem Beisein. Hortet das Pulver in

seinem Schrank als Beweis. Seine Schulleistungen sind gut. Besser als früher. Sie sind zufrieden. Sie sind glücklich.

Nur manchmal ist er müde. Ist schlapp. Diese Observanz. Diese Heuchelei. Das hält man nicht aus. Manchmal fragt er sich, ob er nicht doch krank ist. Er sehnt sich nach einem Menschen, der ihn versteht.

Es hätte nicht so kommen müssen. Zuviel war auf ihn eingestürmt. Der Selbstmord des Klassenkameraden. Die Rückkehr nach einem Jahr Amerika. Freundschaften hatten sich aufgelöst. Seine erste Liebe zerbrach. Der Vater hatte niemals Zeit. In Amerika hatte er einen so liebevollen Ersatzvater gehabt. Obwohl der ein ganz einfacher Mann war.

Der Rasen zu Hause war viel zu kurz geschoren. Keine Blume durfte hervorschauen. Er reagierte gereizt. Die Entfernung hatte seine Sinne für Unstimmigkeiten geschärft. Es war zu viel Heuchelei um ihn. Der Vater war überall wichtig. Deshalb war er nie zu Hause.

Dabei hätte er ihn nur für eine oder zwei Wochen mitnehmen müssen auf eine Reise, gar nicht weit. Aber sie beide, einmal ganz allein. Einmal mit ganz viel Zeit füreinander.

Jetzt hat er eine Freundin gefunden. Irene. Sie ist die einzige, der er von „dort" erzählen kann. Sie versteht ihn. Irene. Das heißt Frieden. Was ihm erst später jemand sagt.

Ob etwas Glück oder Unglück, Verlust oder Gewinn ist, das weiß man nie, wenn etwas geschieht. Das sagte gestern ein ziemlich weiser Mann zu ihm. Ihm war erschienen, als wenn er eine ganze Menge verloren hatte. Aber eigentlich, wenn er es sich jetzt überlegte, wusste er schon nicht mehr genau, ob nicht der Verlust ein Gewinn war, ob nicht das Unglück...

Man könnte auch tot sein, man könnte – im Rhythmus des immer schneller fahrenden Autos wiederholte sich der Satz in seinem Kopf, den der Mann ihm auf den Weg gegeben hatte. Sanft schaltete er in einen niedrigeren Gang, verlangsamte das Tempo, sah die Alleen an sich vorbeigleiten und die Wolken über sich, so wunderbar nutzlos und mit unendlich viel Zeit.

Morgen würde Irene ihn besuchen kommen.

80

Die sichere Seite

Hartmut Kann hatte sich verändert. Das fiel vor allem den anderen auf. Statt des roten Pullovers, der beinahe so etwas wie ein Markenzeichen für ihn gewesen war, trug er jetzt meistens bedeckte Farben. Sein früher sorgfältig gestylter Backenbart wuchs nun, wie die Natur ihn wachsen ließ. Zuerst bemerkten es die Jungen aus dem „Kinderheim". Hartmut war seit einiger Zeit zugänglicher. Bis vor kurzem Respektsperson und von den schlimmsten Rowdies wegen seiner drakonischen Erziehungsmaßnahmen gefürchtet, hatten seine Therapie der Kinder. Sein erklärtes Ziel wurde, die Heimerziehung so weit irgend möglich überflüssig zu machen. Erste Ansätze von Erfolg Augen die metallische Strenge verloren, und um seine schmalen Lippen spielte manchmal sogar ein Lächeln, das seine unteren schiefstehenden Schneidezähne freigab.

Hartmut Kann hatte eine wichtige Position im Hause, er war psychologischer Berater für die Kinder und Supervisor der Erzieher. Er hielt sich viel zugute auf sein Urteil. Die meisten Betroffenen fürchteten es eher. Denn es war fachlich sicher unangreifbar, menschlich jedoch von jener Art Härte, die sich auf die eigene Einschätzung seines hochqualifizierten Wissensstandes stützte.

Natürlich, das gab es jetzt alles: Teamarbeit, kontextuelles Supervisioning, Gesprächstherapie, Anti-Konflikt-Forschung, intrastrukturelles Feedback. Das hinderte Kann keineswegs daran, die Oberhand über alle Abläufe zu behalten – im Sinne eines Marionettenspielers. Keiner merkte es direkt, dass er die Fäden in der Hand hielt. Doch keiner fühlte sich frei in seiner Gegenwart.

Nun war etwas Seltsames geschehen. Seine Frau Anita war erkrankt. Zuerst hatte Hartmut es nicht wahrhaben wollen. „Geh zum Arzt oder stell dich nicht so an!" hatte er geantwortet, als sie von unbestimmten Schmerzen in der Bauchregion erzählte. Dann hatte er sich nicht weiter darum gekümmert und auch nicht nachgefragt. Hartmut war wie immer viel zu sehr mit sich, seinen Plänen und Ideen beschäftigt. Es müsse mehr Effektivität her in der Heimerziehung. Es ginge doch nicht an, dass bei diesem hohen finanziellen Einsatz pro Kind, der im Monat das Gehalt eines Arbeiters oder Angestellten überstieg, trotz ausgebildetem Personal nur eine Erfolgsquote von vielleicht zwei Prozent erreicht würde. Wo gab es so etwas? Welcher Betrieb könnte sich ein derart defizitäres Wirtschaften leisten? Es kränkte ihn auch höchst persönlich, dass seine psychologische Tätigkeit bisher zu keiner größeren Effizienz geführt hatte.

Am Tagesende war er oft ausgebrannt. Aber statt seine Sorgen und Zweifel auszusprechen, herrschte er Anita an: „Im Heim Chaos, zu Hause Totenruhe!"

Anita war eine stille Person, freundlich und weltzugewandt. Sie unterhielt sich gerne mit Menschen und wurde gerne gemocht. Hartmut warf ihr manchmal vor, sie sei zu gut erzogen. Sie spürte sein Unbehagen, seine Geringschätzung. „Ich bin angetreten, um das Leben zu begreifen. Und ich werde diese verdammte Welt nicht eher verlassen, als bis ich sie begriffen habe." Er schrie solche Sätze hinaus. Und sie blieb still, dachte nur: stillhalten, nicht ausbrechen.

„Es ist ein ungeheuer einsamer Weg", sagte er, griff an sein seidenes Halstuch, um es in die rechte Façon zu bringen. „Du, du hast ja keine Ahnung von so einem Weg! Was tust du schon den ganzen Tag? Das bisschen Haushalt, na ja!" Wollte Anita ein Buch lesen, womöglich in seiner Gegenwart, hieß es: „Bücher lesen? Wozu? Darin steht nichts, was du nicht von mir erfahren kannst."

Seinen hohen geistigen Ansprüchen konnte kaum jemand gerecht werden. Wie konnte er sich wundern, dass er einsam dastand. Dass er keine Gesprächspartner hatte. Jahrelang hatte er nicht nach solchen verlangt, die ihm ebenbürtig waren. Immer war er schon längst der Bessere im Wissen, im Denken, im Analysieren. Keiner konnte ihm das Wasser reichen.

Dabei wollte Hartmut Kann gar nicht das Glück für sich. Er wollte es für alle. Dass niemand das sah und verstand, brachte ihn in Wut und Verzweiflung. Dass seine Einsamkeit daher rührte, dass er über vieles mehr als andere wusste, dass er für sich in Anspruch nahm, Welt beurteilen, Existenz verstehen, Sinn begreifen, Hintergründe erkennen, Verborgenes aufspüren zu können – ein solcher Gedanke war ihm noch nicht gekommen.

Wo waren die Menschen, die wie er die Welt weiterführen wollten, die neue Erkenntnisse hätten? Immer sah er sich in der Rolle, andere zu unterweisen. Und die anderen hörten nicht einmal zu. Sie interessierten sich ganz einfach nicht für seine Wahrheit. Sie liefen durch den Tag, taten unwichtige Verrichtungen, rannten dem Sein davon. Sie alle lebten nicht, in seinen Augen. Wo aber waren sie, die lebten, die Leben begriffen, die Leben vorantrieben, es für die nächsten Generationen lebbar machen würden?

Anita war beim Arzt gewesen. Der hatte sie abgetastet, verschiedene Bluttests angeordnet, sie ausgiebig befragt und am Ende ein ziemlich ernstes Gesicht gemacht. „Wir wollen ganz sicher gehen", hatte er gesagt und mit einem etwas traurigen Lächeln hinzugefügt: „Wir wollen doch auf der sicheren Seite stehen, nicht wahr, Frau Kann?" und sie zum Radiologen zur Computertomographie überwiesen.

Anita hatte das gar nicht richtig verstanden, das mit der sicheren Seite. Wo war denn die sichere Seite, fragte sie sich.

Die Planung des Sommerurlaubs stand bevor. Noch hatten sie sich nicht für ein Reiseziel entschieden. Auch diese Frage geriet zwischen ihnen meistens zum Kampf. Hartmut reiste im Grunde nicht gern. Er meinte, aus Büchern alles schon viel besser zu kennen. Und wenn Anita einwandte, so ein bisschen Welt von außen hineinzulassen täte auch ihrer Beziehung gut, so konterte Hartmut mit einer Floskel, die schon zur stehenden Redewendung bei ihm geworden war, und bei der er nicht einmal merkte, wie er Anita damit einen Stich versetzte. „Das habe ich früher einmal getan, das habe ich überwunden." Damit war wieder einmal klargestellt, dass sie erst jetzt mühsam dort angelangt war, wo er bereits vor langer Zeit gestanden hatte. Ihn jemals zu erreichen konnte nicht gut gelingen. Immer war er mit Riesenschritten voraus. Wie kam es, dass sie immer noch nicht gleichrangig war, obwohl sie Hartmut nun schon so lange zugehört hatte?

Wann kommt der Schock, dachte sie. Der heilsame Schock.

Morgen würde sie zuerst zum Reisebüro gehen, um den Flug nach Griechenland zu buchen, auf den sie sich doch noch geeinigt hatten. Urlaub könne damit Bildung verbunden werden, hatte Hartmut gemeint.

Danach hatte sie einen Termin mit Dr. Maßmann. Anita dachte an die „sichere Seite". Sie war seltsam ruhig.

Und dann war es heraus, das Urteil: Pankreaskarzinom, inoperabel, maximal noch ein Jahr zu leben. Dr. Maßmann hatte Hartmut in seine Praxis bestellt und versucht, die tödliche Diagnose dem Ehemann der Betroffenen so schonend wie möglich beizubringen. Kann, der über die Einbestellung während der Arbeitszeit ebenso verärgert wie beunruhigt gewesen war, verabschiedete sich grußlos. In seinem Kopf formte sich ein einziges Wort: Nein!

Er fuhr nach Hause wie durch einen Röhrentunnel. Plötzlich stimmte sein Koordinatensystem nicht mehr. Er sehnte sich nach einem vertrauten Menschen, mit dem er jetzt augenblicklich reden könnte. Aber ihm wurde klar, dass es einen solchen nicht gab für ihn. Natürlich, Anita. Aber um die ging es gerade. In der Röhre hinter ihm dröhnten Hupen. Erst jetzt vergegenwärtigte sich Hartmut, dass er beim Fahren fast zum Stillstand gelangt war. Hartmut Kann steuerte auf den Ausgang des Tunnels zu.

Sollte er schweigen, die Wahrheit für sich behalten? Den barmherzigen Mantel einer Notlüge um Anitas Schultern legen? Er würde reden müssen, so oder so. Und war ihm überhaupt klar, was diese Diagnose auch für ihn bedeutete? Sein scheinbar sicher gefügtes Denkgebäude bekam feine Risse, und Hartmut spürte mit einem Mal die Zugluft, die von außen eindrang.

Allerdings hatte er die Krise schnell im Griff. Es halfen jetzt kein Versteckspiel, keine Ausflüchte. Da hatte er sich schon sehr in der Gewalt. Sie würden miteinander sprechen müssen und sich auf die zugegebenermaßen nicht gerade erfreuliche Situation einstellen müssen.

Jetzt also wusste sie es. Es gab kein Entrinnen. Anita musste an die Worte ihres guten alten Hausarztes denken und lächelte bitter. Er hatte sich geirrt. Jetzt war sie auf der sicheren Seite, auf der im Grunde jeder steht, nur ein wenig weiter oder näher am Abgrund. Sie war ziemlich nah daran. Anita fühlte sich unendlich allein. Morgens, wenn Hartmut das Haus verlassen hatte, setzte sie sich ans Fenster, schaute hinaus und war keines Gedankens fähig. So ging das tagelang, wochenlang.

Hartmut wurde unsicher. Es gab Tage, an denen er kaum wagte, Anita anzusprechen. Er musste sich eingestehen, dass er mit all seinem psychologischen Wissen doch nicht mit dieser für sie beide schwierigen Situation umzugehen verstand. Er hatte das Gefühl, dass sich seine Frau außerhalb seiner Einflusssphäre befand. Zum ersten Mal seit langer Zeit, vielleicht seit den ersten Wochen ihrer Verliebtheit, verspürte er den tiefen Wunsch, ihr nah zu sein, sie zu verstehen und von ihr verstanden zu werden. Doch die Barriere, die sich – wie ihm schien – wie von selbst zwischen sie geschoben hatte, vermochte er nicht leichthändig zu durchbrechen.

Eines Tages erwartete ihn Anita bei seiner Rückkehr schon an der Haustür. Sie lächelte ihn an und zog ihn, als sei er ein Kind, ein Spielkamerad, beinahe fröhlich auf die Couch im Wohnzimmer. Da, sagte sie, und reichte ihm fünf Bogen Papier, auf denen Hartmut ihre Handschrift erkannte.

Noch bevor er zu lesen begann, sah er an der Struktur von etwa zehn bis fünfzehn Zeilen mit jeweils nur wenigen Wörtern, dass es sich um so etwas wie Gedichte handeln musste.

Auch angesichts der besonderen Lage konnte sich Hartmut Kann – das war nun einmal sein Naturell – der Skepsis, die sich sofort anmeldete, nicht erwehren. Aber Anita hatte vorgebaut. „Ich habe die Gedichte schon dem Leiter der Volkshochschule gezeigt, und er fand sie sprachlich sehr gut!"

Der kleine triumphale Ton am Ende ihres Satzes entging Hartmut nicht. Jetzt musste er wirklich an sich halten, um nicht mit Spott zu reagieren, wie er es sonst üblicherweise getan hätte. Und im selben Moment bemerkte er, dass ihn eine völlig ungewohnte Rührung ergriff. Hartmut setzte sich näher heran zu Anita, legte ihr den Arm um die Schulter und zog ihren Kopf zärtlich an sich. Er küsste ihre Haare und musste plötzlich weinen.

Hartmut hielt noch immer die beschriebenen Blätter in der linken Hand. Seine Augen huschten über die kurzen Zeilen, nahmen hier ein Wort auf, dort eine ungewöhnliche Wendung. Natürlich war er jetzt nicht in der Lage, etwas zu erfassen. All diese Wörter waren Fremdlinge für ihn und rührten dennoch etwas in ihm, von dem er nicht zu sagen gewusst hätte, was es war.

Anita hatte diesem Moment entgegengefürchtet. Sie hatte ja selbst nicht begriffen, was da plötzlich aus ihr herausdrängte, in knappe, präzise, leuchtend klare Formulierungen- genau so hatte es Herr Wolter gesagt und noch hinzugefügt: von einer ungewöhnlichen Sprachschönheit und Ausdruckskraft.

Anita hatte noch nie zuvor ein Gedicht geschrieben. Und nun standen sie auf dem Papier, klar gegliedert. Ein lebendiger Körper – jedes für sich. Es waren Stationen ihres Weges. Ihres zu Ende gehenden Weges. Verlorenheit, Verzweiflung, Ratlosigkeit, Auflehnung, Leere.

Beim dritten Gedicht noch war Anita kraftlos, suchte nach Halt, haderte mit dem Unbegreiflichen, fühlte sich zerbrochen, schutzlos, der Ruhe beraubt. Und dann kam das vierte – und in ihm drängten plötzlich neue Wörter hervor, die sie nicht schreiben wollte und die doch hinterher, sie wusste nicht wie, auf dem Papier standen: zitternde Freude, Morgenjubel, Lerchengesang.

Anita hatte die Gedichte zunächst ängstlich verborgen. Sie kannte Hartmuts Spott. Doch nachdem sie bereits das fünfte Gedicht geschrieben hatte und dies in ihr wie die Spitze einer Knospe etwas aufgebrochen hatte, wollte sie ihren Mann einweihen, wollte ihm zeigen, wie es in ihr aussah. Denn die Finsternis, die Öde, die Trostlosigkeit waren hellen Farben und Gefühlen gewichen. Die Schlehen, in der Natur noch eisig umklammert, hatten in ihren Augen schon leuchtende Mondlichtknospen angesetzt. Anita wollte, dass Hartmut mit ihr über den Zauber einer solchen Verwandlung staune.

Was sie nicht ahnen konnte, war, was mit Hartmut dabei geschah. Auch in ihm vollzog sich eine Wandlung, kaum merklich zunächst. Aber Anita wunderte sich darüber, dass sie an ihm Züge wiederentdeckte, die sie zu Beginn ihrer Liebe so sehr gemocht hatte.

Während die Tage vergingen und das unausweichliche Ende näher rückte, gingen Hartmut und Anita aufeinander zu. Es war wie der Anfang einer neuen, tiefen Liebe. Jeden Tag empfanden sie als Geschenk. Hartmut konnte jetzt ohne Ärger über seine beruflichen Probleme sprechen, und Anita erzählte ihm längst verloren Geglaubtes aus ihrer Kindheit. Wie gut sie sich doch verstanden!

Hartmut erinnerte sich in dieser Zeit an ein Buch aus seinen Jugend- und Studientagen, welches ihm viel bedeutet hatte. Er holte das angestaubte und abgegriffene Büchlein aus dem Regal hinter seinem Arbeitstisch. „Ich werde am Du; Ich werdend spreche ich Du", las er da.

Klar wie ein Quell waren diese Gedanken, fuhr es Hartmut in den Sinn, und zugleich musste er an Anitas Gedichte denken. Auch sie waren klar und einfach, wie das Wesentliche es immer ist. Und es ging noch um etwas Anderes. Hartmut Kann las die zweite Stelle, die er sich damals angestrichen hatte: „Es gibt in Wahrheit kein Gott-Suchen, weil es nichts gibt, wo man ihn nicht finden könnte." Nun stand die Frage nach einem Sinn bedrängend im Raum.

Anita wurde jetzt plötzlich in rasendem Tempo schwächer. Die Dosis Morphium musste laufend erhöht werden, ihre Schmerzen waren sonst unerträglich. Hartmut nahm seinen Urlaub und die Zeit der angesammelten Überstunden, um ganz für seine Frau sorgen zu können. Eine Schwester von Anita kam täglich, um ihn in der Pflege zu unterstützen. „Bald bin ich auf der sicheren Seite", sagte Anita eines Tages sehr leise. Und Hartmut glaubte zu verstehen, was sie meinte.

Das Ende kam ohne Aufheben. Hartmut hatte morgens das Schlafzimmer verlassen, Anita noch schlafend mit ruhigen, schwachen Atemzügen zurücklassend. Er hatte sich geduscht und rasiert, dann angezogen, um sich in der Küche einen Kaffee zu kochen. Dann schaute er noch einmal bei Anita herein. Zuerst wollte er es nicht glauben, aber dann musste er der Tatsache ins Auge sehen: Seine Frau hatte zu atmen aufgehört. Nun war es da, das Ende.

Sie hatten über die Formalitäten anlässlich der Beerdigung miteinander gesprochen. Auch den Text für die Todesanzeige hatten sie gemeinsam ausgesucht. „Mag auch unser äußerer Mensch aufgerieben werden, so wird doch der innere von Tag zu Tag neu." (2 Kor 4,16).

Zwischen ihnen hatte sich im Verlaufe von Anitas schwerer Krankheit wieder Vertrauen entwickelt. Beide empfanden dieses knappe Jahr als eine Bereicherung ihres gemeinsamen Lebens. Zuletzt hatte Anita ihn noch einmal auf die Gedichte hingewiesen. Sie waren die Essenz ihrer Leidenszeit, ihr Vermächtnis.

Hartmut Kann las die Gedichte wieder und wieder, konnte den Reichtum ihrer Ausdrucksweise erst jetzt nachvollziehen. Er ahnte, dass er lange Jahre viel versäumt hatte. Aber es war nicht zu spät gewesen für sie beide. Und für die, denen er die wiedergefundene Botschaft von der Liebe als Verantwortung eines Ich für ein Du weitergeben wollte.

Mit ganz neuem Elan stürzte er sich in seine Arbeit, entwickelte richtungweisende Konzepte der Familieneinbeziehung in die zeigten sich. Indem er den Eltern, so kaputt deren Verhältnisse auch waren, ihren Wert klarmachte, ihnen nicht das Kind entzog, sondern ihnen dort Unterstützung bot, wo sie sich selbst positiv wahrnehmen konnten, machte er erstaunliche neue Erfahrungen. Nicht zuletzt auch an sich selbst.

Die positive Ausstrahlung, die neuerdings von ihm ausging, hatte zuerst ungläubiges Erstaunen im Kreis der Kollegen und bei den Kindern ausgelöst. Kann registrierte mit Freude, dass man ihm jetzt viel freier und offener begegnete. Hier ein Schulterklopfen, da ein lobendes, anerkennendes Wort. Und eine bisher nie erlebte Form von Vertrauen.

Die Gedichte seiner Frau trug Hartmut Kann immer bei sich. Und wenn es sich ergab, las er sogar manchmal den schlimmsten Rüpeln des Hauses ein paar Zeilen, die ihm passend schienen, vor. Den schrägen, fragenden Blick beantwortete er, indem er ihnen freundlich übers Haar strich. Er mochte sie seit kurzem wirklich gern, diese Lausebande. Und er wollte noch viel bewirken: aus diesen gestrandeten, ungeliebten, gequälten, vernachlässigten Kindern, diesen Niemands wollte er, jedes für sich, einen Jemand machen.

92

Seiner Hände Arbeit

Sein Leben lang hatte er sich gewünscht, viel Land zu besitzen. Aufgewachsen war er als Kind auf einem Gutshof in dem weiten, hohen Norden seines Landes. Wie schon seine Eltern begann auch er dort für die Gutsherren das Land zu bearbeiten. Es waren gütige Menschen. Aber er wollte sein eigenes Land. Der Wunsch wurde stärker und stärker in ihm. Er wusste, er würde sich nie eigenes Land dort erwerben können. Deshalb wanderte er aus. Mit zähem Fleiß gelang es ihm im Laufe von vielen Jahren, eine Wildnis, die niemand hatte besitzen wollen, urbar zu machen. Das Dornengestrüpp, das das hügelige Land überwuchert hatte, wich den unermüdlichen Anstrengungen seiner Hände Arbeit. Es entstanden saftige Wiesen, auf denen seine Viehherden weiden konnten. Er baute ein Haus und benannte es nach dem Haus seiner Kindheit, auch wenn es in dem neuen Land einen fremden Klang hatte. Mit seiner Frau, die ihn aus der Heimat begleitet hatte, gründete er eine kinderreiche Familie.

Nun waren die Jahre der Ernte herangekommen. Das Land war sein ganzer Stolz. Er hatte Wassergräben gezogen und Teiche angelegt. Alles mit seiner Hände Arbeit. Die gepflanzten Bäume trugen Früchte und spendeten Schatten. Dieser Flecken Erde sah anders aus als das angrenzende Land.

Zum ersten Mal war für ihn eine Zeit gekommen, in der er sein Land durchstreifen konnte, ohne es bearbeiten zu müssen. Alles wuchs und gedieh nun fast von selbst.

Im hintersten Winkel seines Besitzes, den zu durchschreiten er fast einen ganzen Tag benötigte, hatte er ein Stück Land so wild wuchern lassen, wie er es zu Beginn angetroffen hatte. Dort wuchsen wilde Beeren und wilde Obstbäume. Er hatte sich stets nur an ihrem Blühen erfreut und die Früchte den Tieren überlassen.

Eines Tages, als er liebevoll und dankbar seiner Hände Werk betrachtend bis zu jenem wilden Winkel vorstieß, betrat er eine alte Hütte die wohl immer dort gestanden hatte. Er hatte sie nie sonderlich beachtet. Zu selten war er dorthin gelangt. Zu seinem Erstaunen bemerkte er, dass sie offenbar bewohnt sein musste. Er sah allerlei Kleidungsstücke herumliegen und Gerätschaften an den Wänden hängen. Auf sein Rufen antwortete niemand.

Er nahm sich vor, am Abend noch einmal dorthin zurückzukehren. Mit einer Laterne machte er sich auf den Weg dorthin. Als er den Raum, in dem er am Tag gewesen war, betrat, war dieser dunkel. Durch die vor ihm liegende Rückwand schimmerte phosporeszierendes Licht. Also hat sich dort jemand gemütlich eingerichtet, dachte er. Fast regte sich etwas wie Zorn in ihm. Er wollte den Eindringling zur Rede stellen. Im selben Moment ging die Türe auf. Ein alter, sehr kleiner Mann trat ihm entgegen. Sein Gesicht war hohlwangig, und die Augen lagen tief in ihren Höhlen. Er war sehr freundlich zu ihm, so dass er seinen Zorn vergaß. In dem jetzt vom Licht des Hinterraums her erleuchteten vorderen Teil der Holzhütte erkannte er, dass die Geräte an den Wänden alles Sensen waren. Eine trug der alte Mann über seiner ausgemergelten Schulter und legte sie nun wortlos, aber freundlich lächelnd quer über seine mitgebrachte Laterne. Das Licht flackerte unruhig. Er fragte den alten Mann, ob er schon lange hier wohne und sagte, dass er verwundert sei, ihn noch nie hier angetroffen zu haben. Der Hagere antwortete ihm, dass er ja meistens auf Arbeit sei und schaute dabei auf die merkwürdig altertümlichen Sensen. Immer noch verwundert verabschiedete er sich.

Am nächsten Morgen war sein erster Gedanke diese nächtliche Begegnung. Noch einmal machte er sich auf den Weg. In den frühen Morgenstunden hatte es ein heftiges Gewitter gegeben.

Der Regen hatte dem schon sehr trockenen Land gut getan. Er freute sich darüber. Er ging vorbei an den Blumen seines Gartens. Er ging vorbei an den Wassertränken, die er für sein Vieh angelegt hatte. Er ging vor3bei an dem Feld, in dem schon die Spätsaat ruhte. Er ging um den von einem Wäldchen bestandenen Hügel. Er streifte mit zärtlichem Blick alles, was in so vielen langen Jahren ihm ans Herz gewachsen war - sein Land.

Als er an der Hütte ankam, stand sie da inmitten von wild rankendem Brombeergebüsch. Das Holz war grün bemoost. Er öffnete die Tür, die knarrend dem Druck nachgab. Die Wände des Raumes waren mit Spinnweben überzogen. Das Holz roch modrig. Von wo er in der Nacht das seltsame Licht hatte scheinen sehen, wucherten Farne und Dorngestrüpp durch die eingefallene Rückwand. In dem hellen Tageslicht, was nun von dort hinten auf ihn fiel, betrachtete er lange und versonnen seine Hände.

Die grüne Frau

Warum ich in diese Stadt fuhr, weiß ich nicht. Ich vertrieb mir die Zeit an einem arbeitsfreien Tag. Ich kannte die Stadt nicht. Mein Auto hatte ich geparkt, fuhr mit dem Fahrrad durch die Innenstadt, die sich in nichts von dem Bild anderer Städte unterschied. Der Wasserturm zog meine Blicke auf sich. Erste Magnolienblüten bereits im Februar in der umliegenden Parkanlage. Die Arkaden der Jugendstilhäuser am Platz.

Plötzlich stand ich vor dem Schaufenster einer Galerie mit eigenartig kühnen und zugleich naiven Skulpturen. Inuit *Galerie* las ich. Ich schaute sie mir lange an: Vögel vor allem, Robben mit Stoßzähnen aus Bein, Menschen beim Fischfang oder Jagen. Alle Figuren übten einen starken Reiz auf mich aus in ihrer Einfachheit. Ich wusste nicht, was Inuit bedeutet. Ich fühlte mich erinnert an etwas ganz Ursprüngliches, Elementares, was ich zuerst und nur dieses eine Mal bei den Aborigines in Australien erlebt hatte. Ich musste die Galerie betreten.

Im Innern des Raumes gab es noch viel mehr Kunstwerke zu betrachten. Ich war die einzige Besucherin. Eine Dame saß an einem Schreibtisch, sie hielt sich ganz im Hintergrund. Sie ließ mich in Ruhe. Ich blätterte in ausgestellten Büchern. Inuit - so erfuhr ich - ist die Sprache der Eskimos. Kunst aus der Arktis. Die Figuren bestehen alle aus Speckstein.

Nach einer Weile trat die Dame an mich heran. Sie sagte, sie hätte gewusst, als sie mich gesehen hätte, dass ich mich für die Inuit-Kunst interessiere. Ich war erstaunt. Aber sie hatte Recht. Die Figuren ließen mich nicht los.

Vorsichtig fragte ich, ob sie auch zu verkaufen wären. Sie waren. Eine Skulptur zog mich wie magisch an. Sie ist etwa 25 cm groß und stellt eine nackte Frau dar, alterslos, eher jedoch alt. Der Körper ist ganz kompakt, von den Schultern bis zu den Füßen ein Block. Die Brüste hängen herab bis auf die Knie. Ob die Frau sich in einer Art Hockstellung befindet, ist schwer zu sagen. Die Haare sind weiß und rauh im Gegensatz zu dem dunkelgrünen, glatt polierten Stein des Körpers. Sie reichen bis zur Fußsohle. Die Frau ruht ganz in sich selbst. Ihre Ohren sind überproportional groß. Von der Nase gehen tiefe Furchen zu einem geschlossenen Mund. Die Augen sind pupillenlos. Sind sie blind? Sind sie nur geschlossen? Diese Frau kann nichts erschüttern. Sie hat schon alles gesehen. Ihr Blick ist nach innen gerichtet. Mit den Ohren lauscht sie auf das, was nicht vernehmbar ist. Der Künstler ist namenlos. Anders als die Schöpfer der anderen Werke. Dies ist meine Figur. Ich spüre es sofort. Die Besitzerin der Galerie merkt es. Sie stellt die Figur für mich auf einen Glassockel, worauf sie nun in Augenhöhe steht. Ich kann jetzt um sie herumgehen, sie von allen Seiten betrachten.

Es ist die alte Eingeborenenfrau, die ich in Zentralaustralien sah. Sie sprach in ihrer Eingeborenensprache, hockte wie diese hier dabei, zeigte mir ein von ihr geschnitztes Tier, und ich verstand sie, ohne ihre Worte zu verstehen. Diese damals lächelte mich an mit einem uralten, weisen Lächeln, mit einem zugleich ewig jungen Kinderlächeln. Die Inuitfrau lächelt nicht. Und doch ist die Aussage dieselbe. Sie sagt: Alles vergeht. Alles beginnt wieder neu. Wenn ich sie lange betrachte, bemerke ich in ihrem Mundwinkel dennoch ein Lächeln, ein leicht spöttisches Lächeln sogar.

Ich habe die Figur gekauft. Die Galeristin sagte nur, sie habe es gewusst. Die grüne Frau steht bei uns auf dem Kamin. Seit sie dort steht, gehen die Uhren in unserem Haus anders. Seit sie dort steht, häufen sich Ereignisse, die niemand als Zufälle bezeichnen sollte.

100

Zwillinge

Ich habe, soweit ich mich zurückerinnern kann, sicher aber bis in die Zeit, als ich sechsjährig war, mir stets gewünscht, ein Zwilling zu sein. Das Alleinsein war mir eine schwere Bürde. Da meinem Wunsch nach einem Geschwisterchen himmlischerseits und elterlicherseits nicht stattgegeben wurde, war in meinem Leben plötzlich, ich weiß nicht mehr wie, eine Zwillingsschwester vorhanden. Dass sie etwa nur in meiner Phantasie existieren könnte, das anzunehmen, wäre mir ungeheuerlich vorgekommen. Sie war einfach existent. Von Stund an begleitete sie mich auf allen meinen bis dahin einsamen Wegen. Ich nannte sie Evelyn oder kurz Evi. Wie sie zu diesem Namen kam, wusste ich ebenso wenig zu sagen. Ich kannte niemanden sonst, der so hieß. Auch war dieser Name von meinen Eltern nie für eine Schwester in Erwägung gezogen worden. Das Zuckerstreuen für den Storch hatte ich zu diesem Zeitpunkt aufgegeben.

Evi lief, wie ich bereits sagte, nun immer neben mir. Doch das ist nicht ganz korrekt beschrieben. Denn sie eilte stets gerade so viel voraus, dass ich meinen etwas träumerischen, langsamen Schritt vergrößern musste. Wir bewegten uns also um etwa eine halbe Schrittlänge verschoben nebeneinander. Ich ließ ihr andererseits auch gern diesen gewissen Vorsprung, kam es mir doch so vor, als wenn ihr dieser gebühre.

Wie sich noch herausstellen sollte, war Evi mir nämlich in fast allen Dingen des täglichen Lebens überlegen. Sie war nicht nur aufmerksamer in der Schule, sondern auch braver zu Hause. Während ich froh war, wenn ich mich in einem stillen Winkel der geräumigen Wohnung mit einem Spielzeug verkriechen konnte, war sie gesprächig, lustig, kurz: ein Geschöpf, das jeder nur liebhaben konnte. Auf unserem Weg zur Schule sprachen wir über die Vorkommnisse der zurückliegenden Nachmittage. Das hörte sich etwa so an: „Warum bist du wieder so bockig gewesen? Zieh doch die Schuhe ruhig an, die sie für dich gekauft haben!"

„Mir gefallen sie aber ganz und gar nicht", antwortete ich wütend. Und mir stieg die Erinnerung an die Szene noch jetzt kochend zu Kopf, wie ich unter den Tisch geflüchtet war, um dieser elenden Prozedur zu entgehen. „Schönes-Mädchen-Sein"! Ich hasste es!

Mit Evi konnte ich darüber wenigstens reden. Sie hatte einen guten Einfluss auf mich. Sie brachte es fertig, mich zu beruhigen. Ob ich letzten Endes die Schuhe angezogen habe, die geschmähten, ist mir nicht im Gedächtnis geblieben. Eher glaube ich nicht.

Ich war ein eigensinniges Kind. Irgendwann später entdeckte ich im Bücherschrank in zweiter Reihe, also hinter der ersten Reihe mit Klassikern versteckt, verschanzt, ein Buch, in hellgrünes Leinen gebunden: „Umgang mit dem schwierigen Kind".

Als ich eines Tages auf dem Bahnhof Westkreuz der Berliner S-Bahn, wo ich, nein wir, auf unserem Schulweg von Wilmersdorf nach Charlottenburg umsteigen mussten, von einer älteren Schülerin umgeschubst wurde, war Evi zur Stelle. Sie hat mich in die schon einfahrende S-Bahn gezogen und nach Hause gebracht. Ich wusste gar nicht, wo ich war. Nur dass mir der Kopf sehr wehtat.

Am Nachmittag jenes Tages war zunächst alles wie sonst. Von meinen Kopfschmerzen hatte ich niemandem etwas erzählt. Denn sonst hätte ich nicht mit meinem Freund Jürgen im Volkspark Tretroller fahren dürfen. Ich wechselte mich mit Evi selbstverständlich ab. Wir teilten immer alles miteinander. Herrlich war das Gefühl, durch die frische Luft zu sausen. Solche unbändigen Spiele liebte ich über alle Maßen. Doch irgendwann wurde mir plötzlich schwindlig. Mir war, als streckten mir die Bäume, während ich unter ihnen frei wie ein Vogel dahinflog, ihre Äste wie Arme entgegen. Dann wusste ich gar nichts mehr.

Meine Erinnerung beginnt erst wieder, als ich zu Hause im Bett lag, meine Mutter ein besorgtes Gesicht machte, nacheinander verschiedene Ärzte kamen und ich endlich, irgendwo entfernt, das schreckliche Wort hörte: „Krankenhaus".

Wo war Evi? Konnte sie nicht das Schreckliche, das Bedrohliche verhindern? Aber da kamen schon zwei Sanitäter mit einer Tragbahre, auf die ich vorsichtig gelegt wurde. Die zwei Stockwerke hinab, die ich sonst in übermütiger Laune auf dem durchgehenden Geländer hinunterzurutschen pflegte, erschienen mir wie eine Abfahrt zur Hölle. Schräglage! Nur die Ledergurte verhinderten, dass ich von der Trage rutschte.

Ich erinnere mich an eine qualvolle Zeit im Krankenhaus, an die Diagnose „Gehirnerschütterung", und dass ich flach und still liegen musste, während die anderen Kinder in dem großen Krankenzimmer umhertobten, schrien und lachten, vielerlei Spiele und auch Unsinn trieben. Mir schmerzte dabei der Kopf. Ich war sehr allein.

Ob ich meine Zwillingsschwester damals verlor? Auch daran kann ich mich nicht recht erinnern. Wie sie von einem auf den anderen Tag in mein Leben getreten war, so war sie daraus genauso plötzlich wieder verschwunden.

Seitdem suche ich ihn – meinen Zwilling.

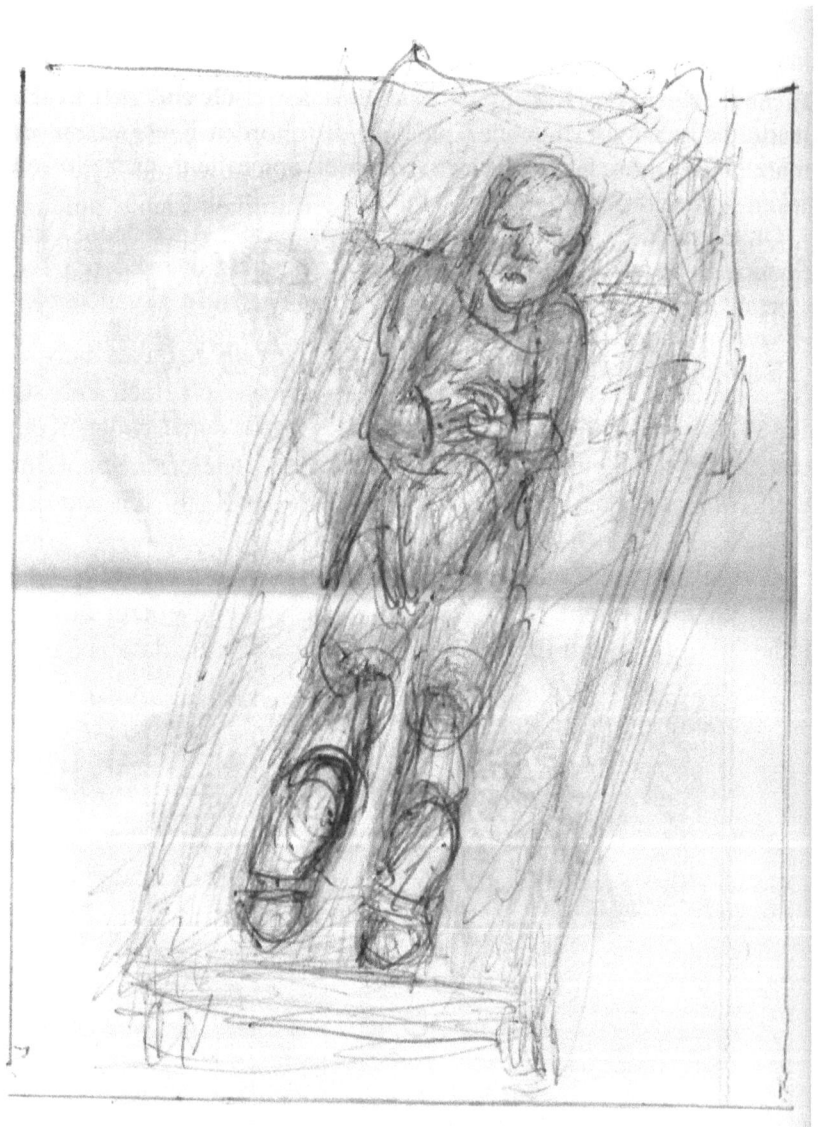

Das 12. Photo

Während er mit bedächtigen Handgriffen den Film in die Kamera einlegte, sie sorgsam verschloss und den Film soweit transportierte, bis die Ziffer 1 im rückwärtigen Fensterchen des Photoapparates zu sehen war, dachte er nur eins: Scherbenhaufen.

Ja, ein Scherbenhaufen war sein Leben. Zu groß, um jemals noch zusammengefügt zu werden. Und von wem auch? Er selbst jedenfalls war nicht mehr dazu in der Lage.

Otto N. holte aus dem Schrank ein Stativ. Lange hatte er es nicht mehr benutzt. Die Zeit der Reisen lag in kaum noch erinnerbarer Ferne. Er ging zum Fenster, um die Lichtverhältnisse zu prüfen.

Es war ausreichend hell in dem Zimmer, um ohne Blitzlicht photographieren zu können. Blitzlichtaufnahmen hatte er von jeher nicht gemocht. Zu scharf wurden dabei die Konturen. Aber ein leidenschaftlicher Photograph war er immer gewesen. Natürlich hatte er die Bilder auch selbst entwickelt und auf weichem, grobkörnigem Papier abgezogen.

Otto N. schraubte seine Kamera auf das Stativ. Er probierte verschiedene Standorte aus, bis er glaubte, den optimalen Platz gefunden zu haben. Die Schatten würden nicht zu intensiv werden, keine zu starken Kontraste. Die Bilder würden seiner Vorstellung entsprechen.

Gut, dachte Otto N. Endlich spürte er, wie sich in ihm Ruhe ausbreitete. Natürlich wusste er, dass es eine Illusion war, eine fixe Idee, was er sich vorgenommen hatte. Er war im Grunde von der Unsinnigkeit seines Tuns überzeugt. Aber der Gedanke, dass vielleicht doch etwas von dem , was gleich in seinem Gehirn, vor seinen Augen – aber nur für ihn sichtbar – ablaufen würde, dass ein winziger Funke von dem auf einem der Bilder festgehalten, ein Hauch, nur eine Ahnung vielleicht von dem, was nur in seinem Innern sich abspielen würde (an die äußeren Begleitumstände dachte er in diesem Augenblick nicht), später auch anderen zugänglich sein würde, machte ihn zufrieden und neugierig zugleich. Otto N. ging ins Badezimmer. Beinahe fröhlich fühlte er sich. Er öffnete den dreiteiligen, mit Spiegeln beklebten Medikamentenschrank über dem Waschbecken. Da sah er sich: von vorn, von rechts und von links und dank eines hinter ihm an der Wand befestigten zusätzlichen Spiegels auch noch von hinten.

Das bist du also, dachte er und betrachtete sich selbst wie einen Unbekannten. Eine schöne Reise hast du vor dir, sagte er halblaut und zog seine rechte Augenbraue ein wenig hoch, wie er es bei ironischen Gesprächen öfter zu tun pflegte.

Otto N. drehte den rechten Wasserkran auf und ließ das Wasser eine Weile laufen, bis es ihm angenehm erschien für seinen Trunk. Langsam ließ er (in fast feierlicher Gebärde) den Inhalt der Tablettenröhrchen hineingleiten. Bis sie sich aufgelöst haben würden, hatte er noch etwas Zeit. Er ging in sein Arbeitszimmer und holte ein Blatt Papier aus seinem Schreibtisch. Er nahm es mit hinüber in das Schlafzimmer. Hier wollte er schreiben.

Er setzte sich an das Tischchen, das einzige Erinnerungsstück an seine Mutter, legte das weiße Blatt Papier darauf und nahm den Stift, den er in seinem Jackett trug, heraus.

„Otto N.'s Kopierstudio" stand darauf. Ja, sein Geschäft war das. Er hatte es geschafft. Er hatte es wirklich so weit gebracht, ein eigenes Geschäft zu gründen. Otto N. erinnerte sich wieder an seine Faszination über diese neue Technik, als sie damals aus Amerika kam und er nach mehreren missglückten Berufsversuchen bei der amerikanischen Firma eine Anstellung als Vertreter bekam. Was vermochten diese Geräte alles! Blitzschnell photographierten sie Briefe, Zeitungsartikel, Abbildungen von Gemälden und vieles mehr und schickten es in kürzester Zeit aus einem schmalen Schlitz fix und fertig heraus. Sie vergrößerten und verkleinerten, ließen sich hell und dunkel einstellen. Sein Staunen, seine Begeisterung über diese Hexenmeister in Gestalt unförmiger Kästen kannte keine Grenzen. Und er witterte seine Chance. Endlich aus dem Schlamassel herauskommen.

Alles war schief gelaufen in seinem Leben. Seine Ehe kaputt, den Job verloren, zu trinken angefangen. Mühsam hatte er es geschafft, wieder trocken zu werden. Mit Hilfe der AA, der Anonymen Alkoholiker. Die Arbeitsstellen hatte er häufig gewechselt. Einmal schon der Versuch, etwas selbständig aufzubauen. Fußpflege. Wie er darauf gekommen war, wusste er schon nicht mehr. Eine Zeitlang ging es auch. Dann der Rückfall. Entziehungskur. Wieder von neuem beginnen.

Und er hatte es doch geschafft. Er hatte sein eigenes kleines Geschäft. Aufträge kamen. Aber die technische Entwicklung überschlug sich. Immer leistungsfähiger wurden die Kopiergeräte. Auch andere hatten begriffen, was da im Gange war. Die Drucktechnik war passé. Druckereien schlossen ihre Pforten. Schriftsetzer wurden arbeitslos und mussten umschulen. Die Copy-Shops wuchsen schnell wie Pilze.

Um konkurrenzfähig zu bleiben orderte Otto N. die besten Geräte, die frisch auf dem Markt angeboten wurden. Das Geschäft lief, so hatte er jedenfalls geglaubt. Bis zu jenem verhängnisvollen Tag, als der Buchprüfer kam und feststellte, dass er hoffnungslos verschuldet war. Und bestünde keine Chance, das aufzufüllen mit noch größerem Auftragsvolumen, er würde alles tun, um noch mehr Kunden zu werben, hatte Otto N. gefragt. Jetzt, wo er Licht nach dem jahrelangen Dunkel zu erblicken gemeint hatte, jetzt sollte schon alles zu Ende sein?

Wir geben Ihnen noch Zeit, Ihre Angelegenheiten zu regeln. Es bleibt nur eine Liquidierung Ihrer Firma übrig.

Nein, das würde er nicht tun! Nicht er selbst. Das sollten andere für ihn tun. Er war zu müde für noch einen Neuanfang.

Otto N. drückte mit dem Daumen auf den Knopf des Stiftes. Die Federspitze kam heraus und rastete mit einem feinen

Schnappgeräusch ein. Er schaute zum Fenster hinüber. Es war Sommer. Die Platane vor dem Fenster war voll belaubt. Sonnenlicht spielte auf den glänzenden Blättern.

Ich, Otto N., gehe freiwillig ... weiter schrieb er nicht. Gerade ließ ein Vogel seinen lockenden Ruf hören. Otto N. erhob sich und lächelte. Er beugte sich aus dem offenstehenden Fenster und suchte nach dem Vogel. Sein „ziewit" – „zieh-mit" erklang aus der Spitze des Baumes. Aber sehen ließ er sich nicht.

Du hast Recht, dachte Otto N. Gleich wird es soweit sein. Dann kann ich dir folgen.

Er hatte so viel gelesen darüber, was im Augenblick des Todes geschehe. Zuerst laufe sein Leben wie ein Film vor den Augen in Sekundenschnelle ab. Dann würde er ein starkes Licht sehen. Er würde noch durch einen Tunnel hindurchmüssen. Aber dann ...

Otto N. ließ seinen Blick über das fast unbeschriebene Blatt Papier gleiten. Was gab es mehr zu sagen? Da stand es.

Alles in seinem Leben war eine Kette unglücklicher Umstände gewesen bis zuletzt, als er schon Licht zu sehen geglaubt hatte. Nie zuvor hatte er eine Entscheidung so frei und willig wie diese jetzt getroffen.

Aus dem Badezimmer holte er das Glas mit dem milchigtrüben Wasser. Er trank es in ruhigen Zügen. Den Bodensatz löste er noch einmal mit klarem Wasser auf und spülte die letzten weißen Partikel hinunter. Dann füllte er das Glas ein letztes Mal mit klarem, kaltem Wasser. Ah, Wasser! Wie wunderbar war dieses Element! Wie lebensspendend.

Otto N. wusste, dass sein Bewusstsein nicht mehr lange erhalten bleiben würde. Er ging zu seiner Kamera. Er blickte durch den Sucher. Ja, er hatte den Blickwinkel richtig gewählt. Er sah durch das Fensterchen das Kopfkissen auf seinem Bett. Gleich würde er sich dort hinlegen. Die Augen schließen. Den Film sehen. Vielleicht die allerersten, allerschönsten Erinnerungen aus seiner Kindheit. Die Spiele mit seinen fünf Geschwistern. Das zärtliche Lächeln seiner Mutter. Ihren gütigen Blick. Ihre Freude darüber, dass er Fuß gefasst und eine „ordentliche" Existenz aufgebaut hatte. Vor einem halben Jahr war sie gestorben.

Otto N. stellte den Selbstauslöser an. Er hatte den Zeitabstand zwischen den Aufnahmen, die die Kamera automatisch hintereinander auslösen würde, sorgfältig bedacht. Während er sich in das Kissen sinken ließ, schaute er in das Objektiv der Kamera. Weich, dachte er. Weiches Papier müssen sie nehmen, dachte er. Der Arm wurde ihm schon schwer, als er noch einmal einen Schluck Wasser zu sich nahm. Seine Lider wurden ihm angenehm schwer. Es kam ihm so vor, als wäre ein Auge auf ihn gerichtet. Die Geräusche der Straße verschwammen, aus der Nähe hörte er das feine Zirren der Zeitautomatik. Zieh-mit, zieh-mit, lockte der Vogel hoch im Baum.

Sie fanden ihn. Wie schlafend. Durch das geöffnete Fenster drang ein leichter sommerwarmer Windhauch.

Drei Tage war er nicht in seinen Betrieb gekommen. Niemand wusste etwas von ihm. Auch die Verwandten nicht, bei denen man nachgefragt hatte. Die Türe zu seiner Wohnung mussten sie aufbrechen. Sie drangen ein in diese Stille, die er gesucht hatte, in der die Tabletten Zeit gehabt hatten, unwiderruflich ihre Wirkung zu entfalten.

Der Tote lag mit einem fast heiter gelösten Gesichtsausdruck auf seinem Bett.

Mit notwendigen, aber nicht mehr nützlichen Verrichtungen störten sie den Frieden, den er gefunden hatte.

Die Photos, die die Familie erhielt, zeigten elf fast identische Aufnahmen von Otto N., ruhig auf seinem Bett liegend. Mit besonderem Gespür konnte jemand Nuancen in der Gesichtsmimik entdecken. Aber nur seine Lieblingsschwester bemerkte, worauf niemand sonst geachtet hatte. Das zwölfte Photo zeigte denselben Ausschnitt des Zimmers: das Bett, auf dem ihr Bruder lag, die

Lampe daneben und das leere Wasserglas. Nur war auf diesem letzten Bild ein sonderbarer Lichtschein zu sehen, der weder vom Fenster, noch von irgendeiner Beleuchtung herrührte. Vielmehr schien er direkt von der Person ihres Bruders auszugehen. Und plötzlich erinnerte sie sich an ein Gespräch, das sie einmal miteinander geführt hatten, als sie gerade der Kindheit entwachsen waren. Damals war sie sehr krank gewesen. Derjenige von uns, der zuerst stirbt, gibt dem anderen ein Zeichen. Ja, sie erinnerte sich jetzt, sie hatten sich sogar feierlich die Hand darauf gegeben. Das war schon so lange her. Keiner von ihnen hatte mehr davon gesprochen.

Jetzt war sie sich sicher. Ihr Bruder hatte ihr das versprochene Zeichen gegeben.

Unterwegs

Wann war das? Ich saß und dachte und wollte jemandem etwas erklären, der nicht im Raume zugegen war.

„Der Tod ist kein Ereignis des Lebens." Das las ich. Ich wollte es einem Menschen sagen, der den Tod überlebt hatte.

Der Satz stimmt nicht. Dieser Mensch hatte mir gesagt, der Tod sei schön. Er wollte dorthin zurück.

Ich las: „Die zeitliche Unsterblichkeit der Seele des Menschen, das heißt also ihr ewiges Fortleben nach dem Tode.. ."

Der Fischreiher hebt sich von seinem Standplatz auf dem Dach des Entenhauses. Seine wehgespannten Schwingen. Die langen Beine hinten angelegt. Nun gleitet er über den See.

Ich las den Satz weiter: „... ist nicht nur auf keine Weise verbürgt, sondern vor allem leistet diese Annahme gar nicht das, was man immer mit ihr erreichen wollte."

Es war so ruhig, so voller Frieden, hatte er zu mir gesagt.

Vor mir die Rosen. Ihr Duft betäubt meine Sinne. „Wird denn dadurch ein Rätsel gelöst, dass ich ewig fortlebe?"

Ich wollte ihm, diesem Menschen, etwas von der Ewigkeit erzählen. Konnte es einen dümmeren Versuch geben? Ich habe ihm einmal vom ewigen Bestand der Liebe gesprochen. Darüber war er sehr ungehalten. Er hatte mir einen frischen Apfel gereicht. Und mich angeschaut. Da habe ich meinen Blick gesenkt. Ich wusste, dass man darüber nicht sprechen darf. Ich fühlte, dass der Augenblick - jeder - ewig ist.

„Wenn man unter Ewigkeit nicht unendliche Zeitdauer, sondern Unzeitlichkeit versteht, dann lebt der ewig, der in der Gegenwart lebt."

Die Regentropfen rutschen in Zeitlupe an der Fensterscheibe hinunter. In den kahlen Ästen der Buche fangen sich ockergelbe

Strahlen der untergehenden Sonne. Die Bäume rüsten sich zu neuem Leben.

„Ist denn dieses ewige Leben dann nicht ebenso rätselhaft wie das gegenwärtige?"

Ich will ihn für das Leben gewinnen. Weiß ich denn, was Leben ist?

Die Rosen duften. Sie fragen nicht. Sie antworten nicht. Sie erfreuen den Menschen. Sie sind.

Ich sehe den Reiher über die Wipfel der Tannen fliegen. Zwei, drei kräftige Flügelschläge. Dann senkt er sich im Gleitflug auf einen weit ausladenden Ast. Der Ast wippt auf und nieder bei seiner Landung.

Ein Zug fährt durch das Tal. Ich trete dort ein, setze mich hin und schaue aus dem fahrenden Zug auf unser inzwischen erleuchtetes Haus.

Ich weiß, ich bin noch im Haus. Dennoch fahre ich.

Ich will wissen, ob der Tod eine Sonate von Vivaldi ist oder ein Tautropfen auf der Wiese oder ein blühender Garten. Vielleicht auch will ich mich einfach dem Rätsel überlassen. Dem Rätsel, das Leben heißt.

Denn seine Aufklärung, seine endgültige Klärung, das könnte der Tod sein.

Das Leben ist wie die Rückseite eines wunderschönen Teppichs, hörte ich einmal jemanden sagen.

Zitate aus: Ludwig Wittgenstein »Tractatus logico philosophicus«

Geisterhaus

Jetzt ganz von vorne anfangen. Das weiße Blatt. Der neue Schreibplatz im Dachgeschoß. Ich muss mir den Blickwinkel noch wählen.

Die Ruhe um mich ist gefährlich, sie lullt ein. Gefährlich, weil sie eine Täuschung ist. Schon hinter den nächsten drei Hügeln existiert sie nicht mehr.

Wir wollen nichts zu tun haben mit der Unrast da draußen. Sich fortbewegen. Lieber nicht? - Doch!

Ich fahre den Weg mit dem Auto. Drei Stunden. Die Landschaften wechseln. Es gibt keine Zäsuren, dafür sorgt die Leitplanke. Autofahrer müssen geleitet werden. Auch der Blick in die Landschaft, auf ausufernde Städte, unorganische Dörfer, Industrieanlagen könnte leicht fehlgeleitet werden.

Durch Wahrnehmung entstehen Gedanken. Möglichst nicht. Abgase. Ozonloch. Waldsterben. Besser vorbeigleiten. Nur Muster registrieren.

Ich erreiche mein Ziel. Bereits im Dunkel. Die Stadt ist mir von früheren Besuchen vertraut. Ich folge einer Einladung, zu deren Verlauf ich mir keine Vorstellung mache. Ich finde das Haus, umgeben von großen Bäumen. An Waldsterben denke ich jetzt nicht.

Ich muss den Film zurückspulen. Es ist alles viel zu schnell abgelaufen. Wirklichkeit. Was ist das? Das was nicht festgehalten werden kann. Sich in der Wirklichkeit aufzuhalten und den Film Erinnerung hinter der Stirn zu sehen, führt unweigerlich zu Schwierigkeiten. Die sich überschneidenden Szenen. Geisterhaus. Irresein. Dem Tageslauf sich äußerlich einfügen.

Also jetzt in Zeitlupe: Ich drücke den Klingelknopf. Das Haus ist mir unbekannt. Meinem zu schwachen Druck gibt die Tür nicht nach. Ein zweites Klingeln. Das Surren des Türöffners.

Die Ebenen trennen, säuberlich. Sonst läuft gleich etwas schief. Jetzt also nicht der Kalender vor mir mit dem Datum von heute. Der Blick aus dem Fenster, der Schreibtisch, das Buch.

Ich betrete das Haus. Ich folge einer Treppenbiegung nach rechts, stehe plötzlich bereits in der Wohnung. Ich gebe die Blume.

Wie komme ich hierher? Träume ich? Was ich wahrnehme: zwei große ineinander übergehende, lichte Räume. Bücher an allen Wänden und bis unter die Decke. Überall stehen und liegen Dinge. Keine tötende Ordnung.

Nun zu zweit. Unsere Gedanken umkreisen Wörter. Mit Wörtern formulieren wir unsere Gedanken und Gefühle.

Zwei Worte stehen auf, gehen durch den Raum, setzen sich zu uns, bemächtigen sich unser, fallen aus den Büchern in den wandhohen Regalen. Liebe. Tod.

Umschlingen sich, proben die vielseitigsten Figuren. Totentanz. Ohne Liebe ist Tod. Liebe stärker als der Tod. In der Liebe der Tod. Im Tod die Liebe. Liebe über den Tod hinaus. Variationen zu einem Thema.

Das Aufbegehren. Das Annehmen. Liebe und Tod, ein untrennbares Paar. Die Liebe höret niemals auf. Niemals. Sie überlebt alle Tode.

Zwei Menschen, seltsam vertraut. Als hätte es nie eine Distanz gegeben. Was sich zwischen uns unerklärt ereignet, ist spontan und irreversibel.

Es ist Friede. Es ist Menschlichkeit. Es ist Freundschaft. Vielleicht ist es Liebe.

Jetzt wieder: die Bilder im Kopf. Niemand kann sie sehen. Was also ist Wirklichkeit.

120

Der blaue Mann

Seinem Schaffensdrang, der ihn in der Durchführung weit hinter den vorhandenen Ideen hinterherhinken ließ, weil niemals die Zeit reichte, weil er sich stets eingebunden fühlte in ihm wesensfremde, ihn vom Eigentlichen - nämlich der Kunst - abhaltenden Tätigkeiten, war eine völlig neue Perspektive im Denken hinzugetreten.

Immer öfter identifizierte er sich mit P, dem Jahrhundert Maler. Mit Eigenschaften, die dieser besaß oder die ihm zugeschrieben wurden. Seine enorme Vitalität, sein immenses Oeuvre. Selbst manch kleine, an sich unbedeutende Ausprägung im Habitus, die jenem Großen eigen war, meinte Hesiu seit neuestem an sich festzustellen.

Immer häufiger brauchte er Vergleiche mit jenem genialen P, den er eigentlich erst seit kurzem, seit ihn selbst dieser Schaffensrausch gepackt hatte, seit er vor allem beschlossen hatte, berühmt zu werden, bewunderte und damit als anstrebbares Idol jenseits aller Zugänglichkeit und Kritik erhob.

Dies war umso verwunderlicher, als er für sich selbst apostrophierte, ganz einmalig zu sein in seiner Kunst, endlich durch seine Mal- und Sehweise die Kunst, die ins Stocken geraten und nichts Neues hervorgebracht habe, entscheidend vorwärts zu bringen.

Jahrelang verschmäht und verpönt, der Weg zur Berühmtheit, der ja mit einer Exponiertheit verbunden sein würde, nun wollte er ihn beschreiten. Sie wurde ihm zum Ziel, um es »denen da«, das waren die Ungläubigen, Unwissenden, die Hypertrophen an Geist und die Mangelwesen, zu zeigen. Da er sich zu diesem Weg entschlossen hatte, zweifelte er keinen Moment an dessen Erfolg.

Vor seinen eigenen Werken ergriff Hesiu der Schauer wirklicher Größe. Sie sind einfach gut! Das ist große Kunst. So urteilte er.

Und das waren sie in der Tat. Keiner, der sie sah, konnte sich diesem Werturteil entziehen. Die Werke sprachen für sich. Sie waren nicht zu entkräften. Sie waren neu. Sie waren Ausdruck von Leidenschaft und Rausch eines Sehmenschen, eines Bilderhungrigen. Eines Menschen, der durch die Bilderscheinungen der Welt wie auch seiner eigenen Bilder hindurchschaute.

Er riss die Leinwand auf, er ließ Durchblicke aufscheinen. Er wollte hindurchgehen durch alle Erscheinung.

Er spreizte die Markisen, er riss die Vorhänge beiseite und beließ doch Teile davon, um nicht unterzugehen am totalen, durch nichts mehr geschützten, gefilterten Blick in das, was hinter aller Erscheinung lag.

Hesiu sagte jetzt ganz oft: das hat P auch so gemacht. Es war zum ersten Mal in seinem Leben, dass er jemanden so uneingeschränkt gelten lassen konnte.

Hatte er jetzt erst seine Vaterfigur gefunden? Bedeutete es, dass er sich ausgesöhnt hatte mit dem Vater, der ihn nicht anerkannt hatte?

Gewiss, mit jenem Vaterbild konnte er sich aussöhnen. Jener große P war bereits tot. Er würde seinen Sohn, den Mann, der sich ihn als Vater genommen hatte, nicht verstoßen können. Das war es wohl, was Hesiu gebraucht hatte, wonach er ein halbes Leben gehungert hatte: die fraglose Annahme eines liebenden Vaters.

124

Die Brücke

Anselm Frei brach früh auf. Nebel schwebte über dem Fluss, der träge dahinfloss. Heute wollte er das Tal verlassen. Er fühlte mit seiner Hand die Zeichenstifte in seiner Hosentasche. Ihn, den Ruhelosen, hatte ein bisher nicht gekannter Gleichmut erfasst. Er hätte sich selbst in diesem Moment weder als glücklich, noch als unglücklich bezeichnet. Frei fühlte sich wie der Nebel, der mit ihm Schritt hielt. Auch seine Füße schienen beim Gehen den Boden nicht zu berühren.

Die feuchte Morgenluft legte sich ihm kühl auf die Stirn. Er spürte es nicht. Nur seine Finger umschlossen die hölzernen Stifte und Pinsel.

Der Nebel verbarg seinem Blick die Flussauen und die angrenzenden Berge. Wenn er durch dieses Nichts hindurch getaucht sein würde, würde er eine Welt seltener Klarheit vorfinden. Anselm Frei kannte dies. Es gab im Herbst hier im Gebirge solche Tage, an denen die Tautropfen noch aus einer fast unglaublichen Entfernung kristallen klar zu sehen waren. Die Farne und Moose erschienen bei diesem Licht überwirklich. Die Filter, die üblicherweise die Augen vor dieser stechenden Klarheit schonen, sind dann wie fortgezogen. Anselm Frei wollte heute dieser überdeutlichen Sicht der Dinge standhalten. Er glaubte, dem Sog der Wirklichkeit widerstehen zu können. Deshalb hatte er sich gewappnet mit seinen Stiften. Er würde anarbeiten gegen die Versuchung des Lebendigen.

Er hatte bereits das breite Tal des Flusses hinter sich gelassen. Aber der Nebel kroch sogar in die schmalen Seitentäler. Seine Füße gingen mechanisch. Er brauchte nichts zu sehen. Jetzt noch nicht.

Alles ist Erscheinung, dachte Anselm Frei.

Die fehlende Landschaft. Wann war das gewesen? Er konnte schon längst nicht mehr unterscheiden, ob das einmal Wirklichkeit gewesen war oder nur ein Traum.

Ins Haus seiner Großeltern zurückgekehrt, hatte er drei helle Flecken auf der vergilbten Tapete bemerkt. Er wusste sofort, dass dort früher drei Bilder gehangen hatten. Was auf den Bildern dargestellt gewesen war, daran meinte er, sich genau erinnern zu können. Und doch war er sich nicht sicher, ob diese Erinnerung nicht nur eine scheinbare war.

Während er mit festen Schritten vorwärtsging, dachte er daran zurück, wie sehr er sich als Knabe gewünscht hatte, ein Leben in vollständigem Einklang mit der Natur zu führen, zwischen Flüssen, Bäumen, Wiesen und Bergen, im Wechsel der Jahreszeiten und mit den Gestirnen, die ihm seinen Weg zeigen würden.

Noch war die blasse Sichel des abnehmenden Mondes zu sehen, während die Sonne höherstieg und bald den Nebel aufgesogen haben würde. Heimat, dachte Anselm Frei plötzlich. Ja, Natur war Heimat für ihn. Er hatte sich der Menschen mehr und mehr entwöhnt. Früher hatte er ihre Gesellschaft gesucht, hatte nach ihrer Anerkennung gelechzt. Aber sie verstanden seine Sprache nicht.

Hin und wieder kehrte er ein in Gasthäuser, die sich an seinem Weg befanden auf seinen Reisen, seinen unsteten Wanderungen, die ihn durch vieler Herren Länder führten.

Seltsam war, dass überall, wo er Rast machte, sich ihm dieselbe Szene darbot. Er betrat einen Gastraum. Im Halbdunkel saßen an einem runden Tisch fünf alte Männer, die einen Pernod oder ein ähnliches landesübliches Getränk vor sich stehen hatten. Die fünf saßen dort wie steingewordene Weisheit. Zufrieden mit sich und der Welt rauchten sie schweigend an ihren Pfeifen und Zigaretten.

Sie sahen ihn kommen und schienen ihn bereits zu kennen. Sie machten weder eine einladende, noch eine abweisende Geste. Ein

Hund lag auf der Schwelle. Wollte er zu ihnen gelangen und sich zu ihnen setzen, musste er jenen erst übersteigen.

Wenn er diese Szene vor sich sah, war für ihn die Zeit aufgehoben und ebenso der Raum. Denn Zeit und Raum schienen über die Jahre hinweg stets dieselben zu sein.

Hier nur erlebte er Dauer.

Er sah einen Film, dessen Akteur er zugleich war. Diese Gleichzeitigkeit war es, die alle Schwerkraft in ihm aufhob, und er fühlte sich, als glitte er dahin in einem uferlosen Strom.

Alles ist Wiederholung, dachte Anselm Frei.

Er hatte jetzt die Nebelbänke unter sich gelassen. Sein Weg hatte ihn steil bergan geführt.

Frei hockte sich auf einen Baumstumpf. Er spielte mit den Stiften in seiner Tasche. Bald würde er die Hochebene erreichen. Selbstvergessen lehnte er sich an den von Flechten überwucherten Stamm einer alten Fichte.

Die Nebel rissen auf und ließen den Blick für kurze Momente frei auf die Landschaft unter ihm. Es war, als würde ein Vorhang von unsichtbarer Hand sekundenlang beiseite gerafft.

Wieder dachte er: Alles ist Erscheinung. Das Davor. Das Dahinter. Der Vorhang.

Die Erscheinung hindert uns, die Wahrheit zu erkennen. Einerseits. Andererseits ist sie auch Schutz. So dachte Anselm Frei. Im Angesicht der Wahrheit könnten wir nicht leben. Und das Geheimnis der Welt zu erfahren und es zu verraten, wenn die Zeit dafür nicht reif wäre, konnte lebensgefährlich sein.

Indem er dies dachte, spürte er den Druck seiner Schulter, seines Rückens an der durchfurchten Rinde. Ein leichter, fast angenehmer Schmerz ließ ihn die Gegenwart spüren.

Er zog seinen Block und den Zeichenstift hervor und warf mit ein paar sicheren, schnellen Strichen eine Landschaft aufs Papier. Rasch blätterte er um, um nun den leichten Rückenschmerz, seine eigene Schwerkraft, sein Anlehnen an den wuchtigen Baum im unterschiedlichen Druck der zeichnenden Hand aufs Papier zu bringen. Das weiße Blatt forderte ihn heraus. Wieder und wieder. Unzählige Variationen erprobte er. Dann stand er auf. Er lächelte befreit, während er seinen Weg fortsetzte.

Das Sonnenlicht fiel jetzt streifenweise zwischen den schwarzen Stämmen hindurch. Frei brauchte nicht auf den Weg zu schauen. Er orientierte sich am Lichteinfall.

Durch seine festen Schuhe fühlte er das weiche, nachgiebige Moos. Eine ungeheure Leichtigkeit bemächtigte sich seiner. In seiner Kindheit war er oft in den Wald geflüchtet, hatte seine vom Laufen erhitzten Wangen auf das feuchte Moos gelegt. Dieses Kinderglück von einst spürte er jetzt in seinen Fußsohlen. Das Federnde, Anschmiegsame der moosigen Erdpolster. Den Trost, den er dort stets empfangen hatte.

Alles ist Wiederholung, dachte Anselm Frei. Alles holte ihn wieder ein. Jetzt, in diesem Augenblick, in dem sich durch seine Füße dem ganzen Körper das Atmen des Mooses, der Erde mitteilte, wusste er wieder, dass er damals, als Kind, bereits die Welt verstanden, durch seine Sinne »begriffen« hatte. Der Zusammenhang zwischen Tod und Leben, Schönheit und Wahrheit, das Namenlose - weil nicht Benennbare - das war jetzt wieder in ihm gegenwärtig.

Und wo war die Liebe in seinem Leben? Anselm Frei blickte auf, ein vielstimmiger Schrei hatte seine Augen suchend zum Himmel schauen lassen.

Da sah er ihn, den Schwarm der Zugvögel. In einer vollendeten geometrischen Figur flogen sie hoch über ihm Richtung Süden. Ein solcher Anblick machte ihm stets wieder seine ungestillten Sehnsüchte deutlich. Denn so war es ihm mit der Liebe gegangen. Es war ihm einfach nicht gelungen, eine Frau festzuhalten oder sich selbst festzuhalten an einer Frau.

Das zweite Bild, welches aus dem Haus seiner Großeltern verschwunden war, war das Porträt einer Frau. Wohl ohne zu wissen, dass er diese Gesichtszüge suchte, war Frei nach jeder neu erlebten Liebe unausgefüllter und ruheloser aufgebrochen. Wo war sie? Hatte es sie gegeben? Würde er ihr noch begegnen? Er ahnte, dass er erst dann zur Ruhe kommen würde, wenn er sie gefunden hätte.

Frei war in ein weites Hochtal eingebogen. Hier siedelten einzelne Bauern. Die Gehöfte duckten sich dicht an die Almen, nutzten als Schutz natürliche Erdhügel gegen steinernes Geröll und Schneelawinen. Ihre Dächer reichten rücklings bis zur Erde.

Es roch nach reifem Obst. Eine schwere Süßigkeit durchtränkte die Luft.

Paradies, dachte Anselm Frei.

Die kugeligen Bäume reizten mit ihrer verlockenden Frucht. Er war ein Vertriebener. Hier mochten Menschen leben, die nichts wussten von der Unterscheidung, vom Wunsch nach Erkenntnis.

Er musste stehenbleiben und tief durchatmen. Eine Sehnsucht, hierzubleiben, rasten zu dürfen, ermächtigte sich seiner. Ausruhen für immer.

Das milde, fast ins Grau changierende Blau des Himmels beruhigte seine Augen. Er beobachtete eine Frau, wie sie mit einem Korb unter den goldgelb und rotbräunlich verfärbten Obstbäumen die herabgefallenen Früchte aufsammelte. Von diesem Bild des Friedens mochte Frei sich nur schwer lösen.

Aber das stimmt ja alles nicht mehr, dachte er. Eine solche Idylle würde er auch nicht mehr malen können. Überschneidungen, Übermalungen, Anrisse, Ausschnitte, Leerräume -nur das war noch möglich!

Anselm Frei war bei seinen Überlegungen weitergewandert und zu einer Berggruppe gelangt, die ihm unbekannt war. Auf einem der Gipfel ragte ein Kreuz empor. Nicht wie eins der typischen Gipfelkreuze. Dieses war klein und bescheiden und zog Frei deshalb umso mehr an. Er wollte es von nahem betrachten. Er war schon in ziemliche Höhe gelangt und hatte einen erhebenden Blick auf die bereits schneebedeckten, vielgezackten Bergrücken. Als er sich dem Kreuz näherte, stockte plötzlich sein Schritt, denn in diesem Augenblick, an genau dieser Stelle sah er das dritte Bild aus dem Zimmer seiner Großeltern vor sich: Das Kreuz, dahinter einige dunkle Tannen, Nebelinseln in den Tälern und schneebedeckte Bergketten.

Das Bild, das dritte verschwundene Bild, lag vor ihm. Er war soeben dabei, in dieses Bild einzutreten.

Anselm Frei hatte jetzt nur den einen Wunsch, alles Bekannte hinter sich zu lassen. Warum verfolgten ihn die Bilder?

Er wollte ihnen entrinnen. Aber eine bilderlose Welt, wäre sie überhaupt zu ertragen?

Frei fühlte in seiner Hosentasche die Kanten des Skizzenblocks. Er berührte die runden Holzstifte. Er wusste schon die Antwort. Nein, es lässt sich nicht leben ohne Bilder.

Und dann sah er vor sich in einem offenbar ganz versteckten und schwer zugänglichen Seitental etwas, was ihn aufs äußerste verblüffte.

Der Berghang, der sich unterhalb von ihm befand sowie der gegenüberliegende und das gesamte Tal, soweit sein Auge es überblicken konnte, war mit Weinstöcken bepflanzt. Das Weinlaub war herbstgefärbt, die Reben waren fruchtbeladen. Die Anordnung der Weinstöcke war geradlinig, zentrierte sich aber zu einer bestimmten Stelle im Tal. Was für eine seltsame Struktur, dachte Frei. Was sich in diesem Zentrum befand, konnte er von seinem jetzigen Standort aus noch nicht erkennen. Er musste dafür noch einige Wegbiegungen abwärts zurücklegen.

Dann sah er es.

Zwei Kirchen standen da, inmitten der Weinberge. Zwei völlig gleich aussehende Kirchen, mit ihren Türmen zueinander gekehrt, dazwischen nur ein schmaler Zwischenraum, gerade breit genug, dass ein Mensch dort hindurchgehen könnte.

Frei traute seinen Augen nicht. Er glaubte an eine verrückte Spiegelung in der klaren Gebirgsluft, gleich einer Fata Morgana. Was ihm zudem sehr befremdlich vorkam, war der Umstand, dass kein Weg zu einer der Kirchen führte. Sie standen da wie Relikte aus einer anderen Zeit.

Anselm Frei war kein Mensch, der an Halluzinationen litt oder sich von Trugbildern narren ließ. Er würde aufklären, was für ein Possenspiel die Natur mit ihm trieb. Um sich zu vergewissern, was da an Realem war an diesem surrealen Bild, musste er in eine oder - wenn vorhanden - beide Kirchen hineingehen. Es war Jahre her, dass Frei eine Kirche betreten hatte.

Nach einem langwierigen Abstieg, einfach die Lücken zwischen den Weinstockreihen benützend, stand er nun wirklich vor einem Portal. Es musste aus der romanischen Epoche sein, wie auch schon der gedrungene Kirchbau hatte vermuten lassen. Noch scheute sich Frei davor, die Schwelle zu übertreten. Über dem Portal war das himmlische Hochzeitsmahl dargestellt. Als er das Relief betrachtete, stieg in ihm eine Erinnerung auf.

Einmal war er auf einer Hochzeit gewesen. Wie war das noch-war er Geladener oder der Bräutigam selbst? Im Verlaufe des Festes war er, ohne zu wissen wie es geschah, immer mehr abgedrängt worden an den Rand des Geschehens, bis er sich plötzlich ganz außerhalb der Gesellschaft befunden hatte. Eine abweisende Feindlichkeit hatte ihn umfangen, so dass er zum Fenster strebte. Davor, darunter, darüber war das Nichts. Doch dieses schien ihm in jenem Moment wie eine Erlösung. Denn schon griff die Kälte nach ihm. Er öffnete das Fenster, sprang. Kein Gedanke war in ihm.

Nun wusste er es doch: dies war ein Traum gewesen. Er hatte sich einfach fallen gelassen und war nicht gestürzt ins Bodenlose, sondern aufgefangen worden.

Anselm Frei öffnete die knarrende Kirchentür. Er wollte sich in eine Kirchenbank setzen, das Kreuz betrachten und die Heiligenbilder, wie er sie von früher kannte. Er würde dabei sein aufgewühltes Gemüt wieder zur Ruhe bringen.

Aber die Kirche war völlig leer. Keine Bank, keine Statue, keine Kerze, keine Blume, kein Bild, kein Kreuz.

Die Leere empfing Anselm Frei wie ein Schock. Das ist unerhört, dachte er. Es ist ein Hohn. Warum hatten sie nicht wenigstens das Kreuz, das Symbol der Christen für die Erlösung, dort gelassen? Wo war er, der Erlöser?

Doch noch während er diese Frage vorwurfsvoll in das entleerte Gotteshaus schleuderte, stellte sich in seinem Innern eine Antwort her: Das Kreuz ist in jedem einzelnen selbst. Du musst es annehmen.

Frei stürzte hinaus ins Freie. Er brauchte Luft zum Atmen. Er wusste, dass er die zweite Kirche nicht betreten musste. Er würde dort nichts anderes vorfinden. Nur die verdoppelte Leere.

Frei geriet in den Bereich der engen Gasse zwischen den Kirchtürmen. Der Sog darin drohte ihn zu überwältigen. Er fürchtete sich. Aber er wollte hindurch.

Ich muss hindurchgehen, dachte Anselm Frei.

Dann aber, nach einer gewaltigen Anstrengung, als er das Ende des Tunnels erreichte, fühlte er sich plötzlich frei wie nie zuvor in seinem Leben. Schlagartig erkannte er, wo er die verlorenen Bilder wiederfinden würde. Nirgendwo anders als in sich selbst, als im Leben selbst.

Bilder, das waren immer nur Teile des Ganzen. Alle Erscheinung war doppelgesichtig.

Zum ersten Mal in seinem Leben fühlte er sich gerufen.

Die **Freunde**

Sie hatten Hermann eins seiner wichtigsten Bilder abgekauft zu einer Zeit, als er noch nicht ein bekannter Künstler war. Das Bild bekam einen beherrschenden Platz in ihrer ersten Wohnung, später in ihrem Haus, zwischendurch in bedeutenden Ausstellungen. Da war Hermann bereits auf dem Weg zum großen Erfolg.

Ernst hielt sich mit seiner Kunst noch zurück. Er schaffte deshalb nicht weniger. Aber er hatte das Gefühl, dass seine Zeit noch nicht gekommen sei.

Ernst und Hermann hatten sich ein wenig aus den Augen verloren, seitdem Ernst mit seiner Familie aus der Stadt ihres gemeinsamen Kunststudiums fortgezogen war. Es hatte zu einer Beruhigung in ihrer schwierigen Beziehung geführt.

Vor kurzem hatte Hermann ihnen ein Buch mit Abbildungen seiner Werke zugeschickt. Darüber hatte sich Ernst sehr gefreut und spontan geäußert, dass sie ihn doch wieder einmal besuchen könnten nach so langer Zeit.

Jetzt also, nach sieben Jahren, würden Ernst und seine Frau Gabi Hermann wiedersehen, ihn in seiner selbst geschaffenen Umgebung erleben. Sie hofften, sich mit ihm zu unterhalten wie in früheren Zeiten, als man sich noch häufig sah und die Diskussionen nie vor Morgengrauen aufhörten und stets mit starker Intensität, oft bis zur Heftigkeit, geführt worden waren.

Auch als die Treffen sporadischer wurden, minderte das nicht das Interesse, das Ernst und Hermann füreinander empfanden. Was sie aneinander band, war schwer zu sagen. Eigentlich war es so etwas wie Freundschaft, aber es gab auch Augenblicke der Konkurrenz zwischen ihnen, in denen die Funken stoben, die Beleidigungen sehr persönlich wurden, sie sich aneinander rieben wie zwei Mahlsteine.

Hermann war sehr emotional, mit intellektuellem Überbau. Bei Ernst war es eher umgekehrt, er war Theoretiker, dem auch die Emotionalität nicht fehlte.

Es war nicht leicht zu entscheiden, ob diese Gegensätzlichkeit, die sich durchaus ergänzen konnte, sie zusammengeführt hatte. Es gab Phasen der absoluten Konfrontation, aber auch solche der Übereinstimmung. Während des Studiums waren sie des Öfteren aneinandergeraten wegen der von ihnen vertretenen Ideen. Der Streit war wohl so ernst, weil ihr Anspruch so ähnlich war, was allerdings keiner von ihnen aus seiner gegensätzlichen Position heraus zugeben wollte. Obwohl ihre Auffassung von Welt auf Grund ihrer unterschiedlichen Biographie diametral entgegengesetzt war, berührten sich doch ihre Gedanken über Kunst. Ja, es gab sogar Momente in den Kunstwerken des jeweils anderen, die sie bewunderten, weil jene in ihrem eigenen Ausdrucksrepertoire nicht vorhanden waren.

Ernst und Gabi fuhren also an einem sonnigen Spätnachmittag in die Stadt, in der Hermann vor kurzem eine Professur erhalten hatte. Hermann öffnete ihnen die Tür und fragte sie, kaum dass sie die geräumige Diele betreten hatten, offenbar um seine Nervosität zu überspielen, was er ihnen zu trinken anbieten könne. Da stand noch ein Mädchen, das sie nicht kannten, welches Hermann halb verlegen, halb unwirsch vorstellte: Das ist Jutta, meine Verlobte.

Jutta bat sie ins Wohnzimmer, das so gar nicht mehr an Hermanns erste Wohnung in einem Altbau mit Toilette auf halber Höhe des Treppenhauses erinnerte. Es war nicht zu übersehen: Hermann hatte einen gewaltigen Schritt nach oben auf der Karriereleiter gemacht. Die Einrichtung war gediegen, fast ein bisschen spießig, registrierte Ernst bei sich. Aber natürlich, da waren Hermanns großformatige Bilder an den Wänden, einige alte aus der Zeit, aus der auch das von ihnen gekaufte stammte, und einige neuere, gegen die sich in Ernst sofort Widerspruch regte.

Als sie sich nun an den polierten Nussbaumtisch setzten und Hermann aus der Küche eine Flasche Wein holen ging, rollten filmartig vor Gabis Augen Bilder früheren gemeinsamen Beisammenseins ab. Zu viert, mit Hermann und seiner früheren Frau Lilo, hatten Ernst und sie viele Abende miteinander verbracht. „Hermann kann ein Teufel sein", hatte Lilo einmal gesagt. Es war wohl, als dieser wieder einmal total durchgedreht und seine Aggressionen an Lilo ausgelassen hatte. Lilo war ein handfester Typ, dunkelhaarig, vollbusig, genügend gepolstert für allerlei Knüffe und Puffe, die einiges ertragen konnte. Aber selbst ihr wurde es manchmal zu viel, was Hermann ihr zumutete. Sie hatte ihre eigene Strategie, damit fertigzuwerden. Sie verschwand einfach von der Bildfläche, was wiederum Hermann rasend machte. Tage- und nächtelang zog er suchend durch die Altstadt, solange, bis er sie irgendwo wiederfand. Dann wurde Versöhnung gefeiert – bis zum nächsten Mal. Jutta war das genaue Gegenteil von Lilo, worüber sich Gabi sehr wunderte. Schmal und mädchenhaft mit langen blonden Haaren. Sie wirkte unsicher und introvertiert. Auch jetzt hob sie kaum den Blick.

Die Geschäftigkeit des Gläserholens, Weinflaschenentkorkens, Weineingießens ließ Ernst und Gabi Zeit, sich im Raum umzusehen, verhalf über eine gewisse Fremdheit hinweg. Vielleicht machte sie auch nur die Anwesenheit dieses unbekannten Mädchens befangen. Wieviel kannte sie von Hermanns Vergangenheit? Worüber würden sie miteinander sprechen können?

Ja, sie hatten Hermann gut gekannt, hatten ihn euphorisch und am Boden zerstört erlebt. Sie wussten, wie sehr er darunter gelitten hatte, dass seine Mutter bei seiner Geburt gestorben war und dass sein Vater ihm die Schuld an ihrem Tod aufgebürdet hatte. Wie konnte einer leben mit einer solchen Hypothek?

Hermann hatte wohl die Kunst gewählt, um den Alpträumen seiner Kindheit zu entrinnen. Undurchdringliches bannte er in seine Bilder, elementare Zeichen sprengten seine Leinwände.

Rauschhaft träumend sponn er sich ein in den farbigen Gärten seiner Bildmuster. Alles Gegenständliche mied er, als wenn es eine Gefahr für ihn bedeute.

Gerade diese kosmische Ebene, dieses gleichsam transzendente Raumgefühl, das Hermanns Bilder ausstrahlten, hatte Ernst daran damals so sehr fasziniert. Nun war er mit hohen Erwartungen gekommen. Ernst war gewohnt, niemals seine Zeit zu vergeuden und verabscheute nichtssagende Gespräche. Nachdem er Hermann so lange nicht gesehen hatte, hoffte er, einiges Neue von ihm erfahren zu können. Neues nicht im Sinne von Äußerlichkeiten, was sich so hier und dort abspielt und ereignet, sondern neu im elementaren Sinne: eine Botschaft, eine Erkenntnis.

Das Gespräch entfaltete sich recht mühsam. Wo war der Elan von früher geblieben? Wo die Ironie der Hoffnungslosigkeit? Selbst die mitreißende Gestik beim Erzählen war nicht mehr da. Das einzige, was geblieben war, war Hermanns Form der Selbstdarstellung, die keinen Widerspruch ertrug. Sollten sie nur gekommen sein, um ihn zu beweihräuchern, ihn als den Größten, als den er sich doch schon selbst etikettierte, zu feiern?

Hermann gab sich selbstsicher, kühl und distanziert. Aber Gabi argwöhnte, dass sein sicheres Gehabe nur ein Mäntelchen des Selbstschutzes sei. Zu deutlich sah sie noch all die Szenen vor sich, als er am Boden zerstört gewesen war. Seine Hände hatten gezittert, und seine saloppe Redegewandtheit war einem Stammeln gewichen. Einmal hatten sie sogar miterlebt, wie Hermann in Schluchzen ausgebrochen war. Gabi und Ernst wussten, dass Hermann damals, als ihn seine Frau mit der kleinen Tochter verließ, zusammengebrochen war. Im Grunde hatte Hermann immer eine heile Welt gesucht, auch wenn er sie selbst manchmal mutwillig zu zerstören schien.

Gabi betrachtete Hermanns blasierte Miene und dachte: hat er die denn nötig uns gegenüber? Wo war die alte Vertrautheit zwischen ihnen geblieben? Sie dachte daran, als Hermann sie besucht hatte nach dem vergeblichen Versuch, seine Frau wieder zu sich zu holen. Zwei Flaschen Wodka hatte er in seiner alten brüchigen Schulledertasche mitgebracht. Und sie hatten sie gemeinsam ausgetrunken, draußen im Wald sitzend, die ganze Nacht hindurch diskutierend über Kunst und Liebe und Gott, bis der Morgen anbrach und sie noch immer nicht mehr wussten, als dass sie das alles irgendwie miteinander in Einklang bringen wollten.

Nein, diese zur Schau gestellte Ruhe nahm Gabi Hermann nicht ab. Sie hatte beim Betreten der Wohnung sofort eine kleine Kinderzeichnung im Rahmen entdeckt, unterschrieben mit dem Namen von Hermanns Tochter. Und sie wusste, wie sehr er seine einzige Tochter liebte und unter der Trennung von ihr litt. Aber darüber würden sie nicht sprechen können, weil man alte Wunden nicht aufreißt, auch wenn der Friede noch so brüchig erscheint.

Das besorgte allerdings Ernst auf andere Weise. Da Hermann ganz im Gegensatz zu früher nicht sehr gesprächig war und man ihm die Antworten förmlich wie Würmer aus der Nase ziehen musste, arteten die Fragen von Ernst mit der Zeit zu einer Art Interview, beinahe einem Verhör, aus. Ernst wollte schließlich etwas erfahren, wie er stets etwas von Menschen erfahren wollte. Nicht irgendetwas, sondern etwas das Leben unmittelbar Betreffendes. Er stellte solche Fragen wie: Weshalb machst du das? Welches ist deine Motivation, worauf zielst du mit dem, was du tust? Ist für dich der Erfolg wichtig, das Geschäft? Oder gibt es etwas „dahinter"?

Einige Fragen dieser Art beantwortete Hermann noch bereitwillig. Ernst entdeckte Widersprüche und wollte ihn darauf festnageln. Er war wie immer hartnäckig. Dieses Insistieren und Bohren brachte Hermann auf. Zwar brauste er nicht auf, wie er es früher in ähnlichen Situationen getan hatte. Nur seine Stimme wurde scharf, und das nervöse Spiel mit dem Bleistift verriet seine Erregung.

Er habe keine Lust, sich so einem Verhör unterziehen zu lassen, er könne das alles erklären, selbstverständlich könne er seine Motivationen erläutern, aber nicht hier und jetzt.

Ob Hermann wirklich nur heute nicht aufgelegt war zu reden, oder ob er sich ins Schneckenhaus, das auch auf seinen Bildern oft als Symbol auftauchte, zurückgezogen hatte, um nicht verletzt werden zu können? Die beiden Frauen verfolgten mit Erschrockenheit, wie sich hier etwas zuspitzte, von dem sie nicht verstanden, was es war.

War es die Konkurrenz zwischen ihnen, die hier plötzlich wieder durchbrach? War es Ernsts Enttäuschung darüber, dass sie sich in künstlerischen Fragen einander nicht wirklich nahe kamen? Oder rächte er sich durch seine Provokationen an Hermann, weil er sich von ihm wie eine Null behandelt fühlte? Weil Hermann sich überhaupt nicht für das interessierte, was Ernst in der Zwischenzeit gemacht hatte, holte er zu einem Schlag aus, von dem er wusste, dass er Hermann zutiefst kränken musste. „Deine Bilder langweilen mich zu Tode", sagte Ernst, während er Hermann herausfordernd ansah. Es entstand eine Pause, die alle im Zimmer als bedrohlich empfanden. Dann stand Hermann auf. Er ging zur Tür und sagte mit einer sich überschlagenden Stimme: „Ich gehe jetzt Zigaretten holen. Wenn ich zurückkomme, will ich dich hier nicht mehr sehen! Wenn für dich unser Gespräch wie ein uninteressantes Bild ist, gibt es nur eins, nämlich dass du auf der Stelle meine Wohnung verlässt."

Damit war er zur Tür hinaus. Jutta war völlig überfordert von dieser für sie unerwarteten Situation. Auch Gabi fühlte sich äußerst unwohl in ihrer Haut. Hatten sie nicht den weiten Weg hierher unternommen, um ihre alte Freundschaft wiederzubeleben? Und nun so etwas! Ernst plauderte noch ein wenig mit Jutta, als wäre nichts Besonderes vorgefallen. Aber es gab keinen Zweifel darüber, dass sie sich nun verabschieden mussten.

„Wir werden Hermann nie mehr wiedersehen", sagte Ernst auf der Straße zu Gabi, „jetzt ist es endgültig aus zwischen uns." War es ihm wirklich so gleichgültig, wie er den Anschein zu erwecken suchte, fragte sich Gabi. Und weil sie sein Verhalten unmenschlich fand und ihm dies sagte, begann Ernst seine Handlungsweise zu rechtfertigen.

Unterdessen machte sich Hermann bei Jutta Luft. Endlich ließ er seine äußerliche Ruhe abfallen und schimpfte los. Er durfte jetzt bitterböse reden, weil ihm jemand den Grund dazu geliefert hatte. Jutta fand die Begegnung dieses Tages traurig. War nicht alles ein großes Missverständnis gewesen? Hatten die beiden Freunde, die sich im Grunde so ähnlich waren in ihren hohen künstlerischen Ansprüchen, nicht einfach aneinander vorbeigeredet, weil keiner dem anderen überhaupt richtig zugehört hatte? Sie wusste nur eins, dass Hermann ein einsamer Mensch war. Und sie hoffte, diese Einsamkeit mit ihrer Liebe ein wenig aufbrechen zu können.

Jahre später erfuhren Ernst und Gabi über einen gemeinsamen Bekannten noch einmal etwas über Hermann. Längst lebte er mit Jutta nicht mehr zusammen. In der Kunstszene vermochte er sich nicht in dem Maße durchzusetzen, wie es seit Anfang an sein Bestreben gewesen war.

Vor kurzem hatte Ernst ihn in einer Zeitschrift abgebildet gesehen. In einem Atelier stand er angelehnt an eins seiner raumhohen, über und über mit kleinsten Zeichen übersäten Bilder, die Arme verschränkt, den Betrachter anschauend. Sein Blick war der eines Menschen, der nichts mehr erwartet. Ernst wunderte sich, dass er darüber erschrak.

142

Mein Freund Hilmar ist nicht tot

Gestern erreichte mich die Nachricht, dass er gestorben sei. Nicht mal fünfzig Jahre alt. Wie ich. Genauso gut hätte da mein Name stehen können: Wir trauern um ... Was heißt trauern. Er lebt doch. Ich lebe doch. Freunde sterben nicht.

Ich sitze auf der Fensterbank im Schlafzimmer. Es liegt im ersten Stockwerk. Von hier kann ich aufs Meer schauen. Unten verbaut mir die Düne den Blick. Stundenlang kann ich so sitzen. Die feine Linie. Horizont – das Wort lerne ich später. Manchmal tauchen Formen hinter der Linie auf. Ich weiß, das sind Schiffe. Große Schiffe. Kriegsschiffe.

Mit meinem Freund Hilmar wandere ich oft am Meer entlang. Wir lesen Muscheln auf. Wer hat die schönere? Manche hüten wir wie Schätze. Die mit der zartrosa Innenhaut. Hilmar holt weit aus mit dem rechten Arm, schleudert einen Kiesel ins Wasser. Dann noch einen und noch einen. Ob er es schafft, die Linie zu treffen? Ihm traue ich es zu. Was wohl dahinter ist? Wenn die Flugzeuge vom nahen Fliegerhorst hinter der Linie verschwinden, werden wir immer ein wenig unsicher. Aber Hilmar sagt, die kommen wieder. Er muss es wissen. Sein Vater ist Flieger. Mein Vater sitzt nur im Büro und schreibt Zahlen untereinander. Auch das sei wichtig, hat er mir mal erklärt. Fliegen muss doch schöner sein, denk' ich bei mir. Aber ich sage es ihm nicht.

Hinter dem Haus beginnt der Wald. Kiefernwald auf Sandboden. Den Sand liebe ich und den Harzgeruch. Vom Harz kriegt man ganz klebrige Finger. Das mag meine Mutter nicht. Ein Kriegsgefangener hilft ihr manchmal beim Holzsägen. Die Holzspäne riechen gut. Es gibt kleine Abfallstücke. Die hole ich mir und lasse sie aufs Meer treiben. Das ist meine Flotte. Siegreich natürlich. Das hab' ich gehört, dass wir immer siegen. Ist doch sowieso klar, wo Hilmars Vater bei den Fliegern ist und mein Papa dafür die richtigen Zahlen zusammenschreibt.

Einmal habe ich wieder auf meinem Ausguck gesessen, es war schon dämmrig. Und da habe ich plötzlich ein riesengroßes Schiff auf dem Meer gesehen, wo gerade noch das bleigraue Wasser ganz ruhig dagelegen hatte. Ein mächtiges Schiff. Ganz begeistert war ich bei seinem Anblick. Und mit einem Mal sank es, und Menschen trieben auf dem Wasser. Es ging unglaublich schnell. Meine Mutter kam, ich muss wohl geschrien haben. Ich zeigte hinaus und rief, man muss sie doch retten. Aber sie sah nichts.

Am Morgen habe ich Hilmar erzählt, was ich gesehen hatte. Er fand es sehr aufregend und glaubte mir aufs Wort. Auch wenn ich das Ganze noch etwas ausschmückte in meiner Erzählung. Ich wusste nun, so etwas erzählt man Erwachsenen besser nicht. Sie glauben einem nicht. Auch das mit der Leiter behielt ich für mich. Die Leiter, die ich gesehen hatte. Sie ging von meiner Fensterbank direkt in den Himmel hinauf. Das Ende konnte ich nicht erkennen. Ich überlegte, ob ich sie hinaufklettern sollte. Heute noch nicht, dachte ich mir. Ich muss Hilmar erst davon erzählen. Vielleicht kommt er mit. Aber dann habe ich sie nicht mehr gesehen.

Später sagten sie etwas von Fieber. Als drei Tage, nachdem ich, ich ganz allein, das Schiff hatte sinken gesehen, wirklich ein Kriegsschiff sank, wusste ich, dass ich das bereits erlebt hatte.

Flucht. Hals über Kopf. Meine Mutter und ich. Wir in einem langen Treck. Zwei Koffer, eine Holzkiste. Immer wieder heißt es: Raus! Flach auf den Boden! Über uns dröhnt es, Feuer flammen auf. Wenn ich den Kopf vorsichtig hebe, sehe ich nicht weit von uns verkohlte, geschrumpfte Menschenleiber. So schnell geht das! Weiter, immer weiter! Dumpf fühle ich, dass das Wort „Siegen" nicht mit diesen Bildern übereinstimmt. Ganz kleine Menschenpakete, schwarze ...

Ich suche die feine Linie. Nichts. Ich möchte Sand zwischen den Fingern hindurchrieseln lassen. Es gibt keinen Sand. Meine Mutter ist den ganzen Tag über fort. Sie verkauft Blumen auf dem Markt. Mein Vater ist nicht da.

Der Krieg ist zu Ende, sagen sie. Alle sind froh darüber. Ich weiß nicht, warum ich mich nicht freuen kann. Wo ist das Meer? Die Häuser in unserer Straße, in der wir jetzt wohnen, sind rußgeschwärzt von der nahen Zeche. Die Jungen sind lausig frech. Wo ist Hilmar geblieben? Es gibt hier Straßenbanden, das merke ich bald. Ich will nichts mit denen zu tun haben. Aber sie lassen mich nicht in Ruhe. Ich muss mir Respekt verschaffen. Ich bin kleiner als die. Da helfen nur Tricks. Beim nächsten Mal greife ich an, ohne zu warnen. Ein Tritt vorne, ein Schlag hinten. Das saß!

Ich höre von meiner Mutter, dass Hilmar noch „drüben" ist. Seine Mutter hat Schlimmes mitgemacht bei den Russen, sagt sie. Der Vater ist abgestürzt. Ganz nah bei einem Städtchen in Pommern, aus dem Hilmars Mutter stammt. Und wenn schon! Was hat er davon! Mein Vater ist in russischer Kriegsgefangenschaft.

Eines Tages ist Hilmar da. Bei uns zu Besuch. An der Hand einer sehr üppigen Frau, die ich nicht kenne, steht er da, verlegen lächelnd. An den Augen erkenne ich ihn. Er ist gewachsen. Er überragt mich um einen Kopf. Und glatt gekämmt und gescheitelt ist sein Haar. Ganz anders als früher!

Die Frau ist seine Tante, erfahre ich. Er lebt jetzt bei ihr und ihrem Mann. Der Onkel ist ein Bruder seines Vaters. Der Onkel hat ihn rübergeholt in den Westen, weil Hilmar doch keinen Vater mehr hat und der Onkel keine Kinder. Hilmar soll es gut haben. Besser. Die Mutter und die Schwester sind noch drüben geblieben. Sie dürfen nicht raus aus der Zone. Zone – das ist wie Gefängnis. Sie hören einen komischen Begriff: „Eiserner Vorhang". Kann es das denn geben, einen Vorhang aus Eisen? Vorhänge sind doch etwas Leichtes, das die Luft schaukelt und aufbläht wie Segel...

Segel. Da ist es wieder. Die Sehnsucht im Bauch. Gut, dass Hilmar jetzt in der Nähe wohnt. Bei Onkel und Tante in einem kleinen Haus, das ganz allein liegt auf einem Hügel. Keine Zechensiedlung wie bei uns. Das Häuschen ist auch längst nicht so schwarz. Die Pflegeeltern haben Hilmar gern. Sie kaufen ihm ein

145

Klavier. Ein Klavier haben wir nicht. Hilmarchen spielt uns jetzt was vor, sagt schmeichelnd die Tante, die vor Stolz noch breiter wirkt. Und rot im Gesicht. Hilmar spielt. Er will sie nicht enttäuschen. Dann endlich können wir hinaus. Über Wiesen, Bäche und Zäune bis hin zum Wald. Zum Baggerloch. Keine Kiefern, kein Meer, kein Sand, keine Heide. Markgrafenheide. Das ist verschlossenes Kinderland.

Wir schmieden Zukunftspläne. Natürlich würden wir Seemann werden. Kapitän. Die Welt sehen. Hinaus. Der Enge entfliehen. Den wohlgemeinten Ratschlägen.

Mein Vater war zurückgekommen aus der Gefangenschaft. Ein fremder Mann! Mit kurzgeschorenen Haaren, ausgezehrt, in einem abgetragenen Anzug und zwei verschiedenen Stiefeln an den Füßen. Sein Anblick erschreckte mich. Plötzlich war da einer, dem ich folgen musste. Der mich kontrollierte und Verbote aussprach, wo ich vorher Freiheit genossen hatte. Nur langsam gelang es uns, uns wieder aneinander zu gewöhnen. Familie: Vater, Mutter, Kind. Auch bei Hilmar: Mutter, Vater, Kind. Nur dass bei ihm Mutter und Vater nicht mal wirkliche Eltern waren.

Nach einigen Jahren kam auch seine Mutter mit der Schwester rüber. Durch den „Eisernen Vorhang". Sie zog ganz in Hilmars Nähe. Eine Seele von Mensch. Eine stille Frau. Mit einem Blick, den auch Hilmar hatte. Stets in die Ferne gerichtet, und doch voller Wärme. Sie brachte es nicht fertig, ihren Sohn wieder zu sich zu nehmen. Zu sehr war sie dankbar, was sie ihrem Hilmar an Gutem getan hatten, die Pflegeeltern. Dem Hilmar zerschnitt es das Herz. Er wollte niemandem wehtun, war von nun an geteilt.

Wir sponnen weiter unsere Pläne. Wenn wir die Sommerferien gemeinsam in der Försterei verbrachten, wollte uns der Försterberuf als Traumziel erscheinen. Hundertachtzig Kilometer radelten wir an einem Tag bis zu dem riesigen Staatsforst, den ein anderer Onkel von Hilmar betreute. Das barocke Forsthaus inmitten der Eichenwälder war ein schmuckes Schlösschen. Ein traumhafteres Leben ließ sich kaum ausmalen. Wir übernachteten oft im Freien, wurden geweckt von den ersten Vogelstimmen und Sonnenstrahlen. Stolz zeigte uns der Förster-Onkel die gerade - gewachsenen hundertjährigen Eichen, die bestes Holz erbringen würden. Der Forst lag nicht weit von einem großen eiszeitlichen See. Dorthin fuhren wir manchmal. Saßen am Ufer. Warfen Kiesel. Flach über die Wasseroberfläche. Ein-, zwei-, dreimal sprangen sie auf. Wer schafft die meisten Sprünge? Bei Nebel konnte man die Ufer nicht erkennen. Dann konnten wir glauben, wir säßen am Meer. Nicht an einem See, der sich Meer nannte.

Er war ein richtiger Freund. Wir haben uns aus den Augen verloren in den letzten zwanzig Jahren. Hilmar ist tatsächlich zur See gegangen. Ich bin weder Förster noch Kapitän geworden. Er schickte mir Karten aus aller Welt. Er hatte die Weite vor Augen, die feine Linie am Horizont. Ich habe die Sehnsucht danach behalten. Der horizontale Strich auf dem weißen Blatt und eine winzige Senkrechte, manchmal fast zu einem Punkt geschrumpft. Der kann so vieles sein. Schiffsmast, Baum, Mensch –

Mein Freund Hilmar kann es sein.

allein in der
Stadt

148

Die silberne Hand

Von Zeit zu Zeit, manchmal in meinen Träumen, oft sogar am helllichten Tage sehe ich das Haus meiner Kindheit vor mir. Eine Art Burghaus: trutzig, kantig und streng. Seine äußeren Formen waren klar gegliedert. Sie hatten nichts Anbiederndes, Gemütliches an sich. In diesem Haus wuchsen wir auf, mein Bruder und ich. Das großzügige Innere ließ uns ausreichend Spielraum, unsere Phantasie zu entwickeln. Es gab so viele Räume, alle ganz verschieden in ihrer Ausprägung und Ausstrahlung. Am meisten mochten wir als Kinder den Dachboden mit allerlei Plunder, längst veralteten Gerätschaften, Kisten und Schränken, mit deren Inhalt wir zu Rittern und Räubern wurden.

Später liebte ich besonders die große Eingangshalle, die -gänzlich ohne Zierrat - für mich die Strenge und Klarheit eines Raumes verkörperte. Vielleicht ist es daher nicht verwunderlich, dass ich in meinem Beruf als Architekt mir einen gewissen Namen als »Mann mit der klaren Linie« gemacht habe.

Mein Bruder bevorzugte einen kleinen Mansardenraum, von dessen Fenster aus man einen phantastischen Fernblick auf die Berge hatte. Dort begann er zu malen. Dort schrieb er auch Gedichte. Zuerst waren die Berge sein Lieblingsmotiv. Im Laufe der Jahre wurden seine Bilder immer abstrakter. Die blaue Farbe begann immer mehr, seine Bilder zu prägen, ja zu beherrschen.

Es geht mir in meinen Bauwerken um die Großzügigkeit, die Transparenz in der Form. Die Reduktion auf das Wesentliche. Das Offenlegen der Bauelemente. Stahlträger, Verschraubungen, Beton - alles soll sichtbar sein. Die klare Linie gegen das Mittelmaß. Ein gewisser Hang zum Perfektionismus ist mir eigen. Manche meinen, dass meine Häuser nicht für Menschen gemacht sind, die Geborgenheit suchen. Die spröden, ja harten Materialien wie Beton, Glas, Stahl reizen mich, mit ihnen zu ringen. Ihnen Kurven, Winkel abzutrotzen.

Kritiker werfen mir vor, dass die Materialien, mit denen ich umgehe, keine natürlichen Strukturen zulassen. Doch das interessiert mich nicht. Für mich sind meine Bauwerke lebendig. In jedem von ihnen steckt ein Stück meiner eigenen Lebendigkeit.

Gegner meiner Architektur beanstanden, dass an den glatten Fassaden nirgends Leben in Form von grünem Bewuchs, von wuchernden Ranken und üppigen Blumen Fuß fassen kann. Dem halte ich entgegen, sie sollten sich einmal die spiegelnde Glasfront in der Stunde der Abenddämmerung mit dem warmen Licht der untergehenden Sonne anschauen. Auch die Bäume der Nachbarschaft habe ich stets als Spiegelbild mit einbezogen. Nur sind die meisten Menschen nicht gewohnt, auch Spiegelbilder schön zu finden.

Nie wird ein Haus so vollkommen sein können wie ein Baum. Deshalb verzichte ich auf die natürliche Form. Nur in der absolut klaren Linie liegt für mich die Vollkommenheit. Ich weiß, dass das keine bequeme Auffassung ist. Ich verlange viel von mir, auch von meinen Auftraggebern. Ich suche und schaffe Ordnung. Viele empfinden die Ordnung als tot. Manche sagen, die Wandflächen seien abweisend. Es gäbe nichts zum Anlehnen, zum Festhalten. Doch das ist nicht mein Problem.

Mein Bruder ist im Gegensatz zu mir ein Mensch mit unbändiger Phantasie und unbegrenzter Begeisterung. Ein Poet der Farbe. Die Farbe Blau wurde zu seiner Passion. Sie wurde auch zu seinem Markenzeichen. Er wurde Maler, Glasmaler. Hunderte Variationen und Nuancen einer einzigen Farbe verstand er zu schaffen. Und wo seine Fenster, seine Glasbilder waren, wurden die Gebäude, die Räume zu Orten der Stille, der Besinnung.

Bei meinen Besuchen, die in sehr unregelmäßigen, meist größeren Abständen erfolgten, konnte auch ich mich dieser eigenartigen Magie nicht entziehen, die von seinen Glasbildern ausging. Diese hingen vor Fenstern und reflektierten das wechselnde Ta-

geslicht oder warm in Hallen installiert mit künstlicher Beleuchtung im Hintergrund. Am stärksten war der Eindruck
in den Kirchen, die mein Bruder mit seiner Glasmalerei gestaltet hatte. In einer von ihnen ist die gesamte dominierende Stirnwand von seinem Blau beherrscht.

Nun ist es ja bekannt, dass diese Farbe sehr unterschiedliche Gefühlsqualitäten erzeugen kann. Ferne und Kälte können von ihr ebenso ausgehen wie ein Gefühl von Geborgenheit, von Traum und Ekstase. Die Farbe Blau lässt einen aber nie völlig unbeteiligt. Sie zieht in sich hinein. Der Mensch wird darin klein. Er kann sich darin verkriechen wie in einer Höhle. Sie zieht ihn aber auch hinaus in die Unendlichkeit des Raumes. Sie erzeugt in ihm eine Sehnsucht nach Transzendenz.

All dies ist mir persönlich völlig fremd. Ich lehne das Gefühsbeladene ab. Mir ist das Symbolhafte aller Farbe ungeheuer. Deshalb herrscht in meiner Welt die klare Linie, die Farblosigkeit.

Dennoch bewundere ich meinen Bruder in seinem Einfallsreichtum, stets neue Farbnuancen seiner Lieblingsfarbe Blau zu erschaffen. Und im Kontrast zu den sparsam verwendeten Farben Gelb, Rot, Orange, Grün, die auch stets eine völlig andere Qualität besitzen, versteht er es mit einer wirklichen Meisterschaft, geradezu kosmische Räume zu schaffen, Akkorde einer transzendenten Schönheit erklingen zu lassen. Man sagt ihm nach, dass er das Gefühl der Heimatlosigkeit des modernen Menschen artikuliere und in seiner Kunst zu einer starken Ausdruckskraft bündele.

Ich kenne meinen Bruder. Ich verstehe, was er meint. Was er ausdrückt in seiner Kunst. Das Blau des Himmels und des Meeres berühren sich im Horizont. Dorthin zielt unsere Sehnsucht. Das dunkle Blau der Nacht, das helle Blau des Tages - sie wechseln einander ab. Und des Menschen Sehnsucht bleibt unerfüllt, solange er diese Grenze nicht überschritten hat.

Ich schlenderte an einem angenehm milden, noch nicht heißen Frühsommertag über die Ramblas in Barcelona. Ein potentieller Auftrag eines reichen Großgrundbesitzers hatte mich hierher geführt. Ich muss gestehen, ich liebe die Menschen nicht sehr. Ihr Mittelmaß ekelt mich zuweilen an. Ihre

Unwissenheit empört mich. Ihre oft geradezu überhebliche Dummheit tut mir weh. Also meide ich sie, wenn ich kann. Menschenmassen zumal sind mir ein Grauen.

Was also tat ich hier, inmitten eines schier überbordenden Menschengewühls, eines Flusses, der mal zäh, dann wieder strudelnd sich zwischen den bunten Marktständen vorwärts bewegte?

Ich hatte mir die Häuser von Antonio Gaudi angesehen. Die verspielten Formen, das Weiche, Zerfließende, Ungenaue! Das genaue Gegenteil zu meiner Architektur. Auch in dem sonderbaren Kirchbau »La Sagrada Familia«, diesem unvollendet gebliebenen Monumentalwerk Gaudis, war ich herumgeklettert. Kurios, phantastisch, bizarr war diese Kirche! Es wird heute nach den Originalplänen von Gaudi daran weitergebaut. Welch ein Unterfangen, dachte ich. Als ich durch die leeren Fensteröffnungen, ja durch das noch nicht einmal ansatzweise vollendete Dachgewölbe in den klaren Himmel sah, hatte ich eine Vision. Dass nur die Glasfenster meines Bruders diesem eigenwilligen Werk eine Schönheit verleihen könnten, die es so nicht für mich besaß.

Seltsam war, dass ich mich diesem Menschenstrom willig überließ. Ja, ich hatte plötzlich, wohl zum ersten Mal in meinem Leben, das Gefühl einer überströmenden Zärtlichkeit für all die Menschen, die mich umgaben.

Plötzlich sah ich einige Schritte vor mir eine Gestalt, die ich sofort an ihrer mir so vertrauten Haltung erkannte. Dieser aufrechte, fast stolze Gang eines Mannes, der seine Schultern leicht nach vorne gebeugt hielt, wie um sich bereit zu halten, eine Last darauf zu tragen. In diesem Moment, als hätte er meine Blicke gespürt, drehte er sich um. Es war mein Bruder. Er blieb stehen und wartete auf mich mit einem Lächeln, das sein Gesicht überstrahlte.

Wir hatten uns fast zehn Jahre nicht gesehen. Das Erkennen, das Verstehen war so selbstverständlich, wie es nur unter Brüdern oder guten Freunden sein kann. Ich freute mich, ihn zu sehen. Das völlig Unerwartete dieser Begegnung machte meine Freude noch größer. Wir umarmten einander wortlos vor Glück. Da standen wir wie zwei Felsen inmitten einer Brandung, inmitten des Menschengewühls auf den Ramblas.

Vor mir tauchten Bilder aus der Vergangenheit auf. Wieder sah ich das Haus unserer Kindheit vor mir. Mein Bruder und ich hatten es geliebt. Und ich glaube, dass dieses Haus uns beide geprägt hat, jeden auf seine Weise. Mein Bruder war zwei Jahre jünger als ich. Früh schon hatte ich begonnen, Häuser zu bauen, aus Holzklötzen und Nägeln oder aus Steinen und Lehm. Mein Bruder schaffte mir das Material herbei und sah mir bewundernd zu. Wir liebten uns sehr, wie sich nur Brüder lieben können. Ich kann mich nicht erinnern, dass wir uns jemals gestritten hätten, obwohl wir sehr verschieden im Charakter sind.

War ich aufbrausend und unbeherrscht, wenn mir etwas nicht so gelingen wollte, wie ich es mir vorstellte, so sammelte mein Bruder die von mir durch die Gegend geworfenen Klötze oder Nägel auf und brachte sie mir. Oft habe ich später gedacht, dass seine Sanftheit ihn für das Leben unbrauchbar machen würde. Und ich habe versucht, ihm brüderliche Ratschläge zu geben, dass man seine Ellbogen gebrauchen müsse, um durch das Leben zu kommen. Aber er wollte davon nichts wissen. Er begann zu malen. Später ging er nach Amerika, während ich durch Europa reiste und im Laufe der Jahre Anerkennung als Architekt fand. Nun stand er vor mir, mein Bruder. Und er hatte das Leben gemeistert auf seine stille Art. In seiner Kunst ist er ebenso bekannt geworden, wie ich es bin.

Noch hatten wir kein Wort miteinander gewechselt. Als wir uns aus der Umarmung lösten, legte er mir einen Gegenstand in die Hand und sagte: »Nun werden wir uns eine Weile nicht mehr wiedersehen.« Ich öffnete die Hand, um mir den Gegenstand, der sich seltsam kühl angefühlt hatte, anzuschauen. Es war eine aus Silberblech gehämmerte, ungefähr vier Zentimeter kleine Hand, mit rankenhaften, blütenartigen Mustern ziseliert, die zu einer Faust geschlossen war. In der silbernen, geschlossenen Hand befand sich ein ebenfalls silberner Stab.

Ich blickte auf. Ich wollte fragen, was dieser Gegenstand für eine Bedeutung habe. Doch mein Bruder war verschwunden. Ich spähte umher, suchend, begriff aber zugleich, dass ich ihn nicht finden würde.

Mit raschen Schritten entwand ich mich der Menschenmenge, in deren Mitte ich mich plötzlich sehr verlassen fühlte. Ich steuerte mein Hotel an, um allein zu sein.

In meinem erfrischend kühlen Zimmer versuchte ich, mich von meiner Verwirrung zu erholen. Die Realität ist meine Bezugsebene. Doch vor mir auf dem Tisch lag unleugbar dieser seltsame Gegenstand, mit dem ich nichts anzufangen wusste. Ich starrte ihn an. Was hatte er mit meinem Bruder und mir zu tun? Ich fand keine Antwort auf meine Fragen.

Beunruhigt und müde trat ich an das Waschbecken, um mein Gesicht mit Wasser zu erfrischen. Vielleicht war die seltsame Begegnung doch nur ein Produkt einer gewissen Überspanntheit meiner Nerven gewesen. Das kalte Wasser auf meinen Schläfen tat gut. Ich fühlte mich sofort besser und merkte, wie meine Selbstsicherheit zurückkehrte. Alles Unfug, dachte ich laut und blickte in den Spiegel über dem Waschtisch. Doch es durchfuhr mich wie ein eiskalter Schauer, und ich spürte, wie

meine Haare vor etwas Unerklärlichem zu Berge standen. Aus dem Spiegel blickte nicht ich mir entgegen, sondern - mein Bruder.

Als die Erstarrung von mir wich, war das Bild längst verschwunden. Zitternd ließ ich mich auf das Bett fallen. Ich schloss meine Augen. Hinter meinen Augenlidern sah ich ein tiefes Dunkelblau. ich wusste mit einer glasklaren Sicherheit, dass ich geborgen war. Jemand führte mich. Auch war mir, als würde ich getragen. Ich sah in weiter Ferne das Haus unserer Kindheit, davor zwei spielende Knaben. Dieses Bild hatte in mir stets eine unstillbare Sehnsucht ausgelöst. Jetzt fühlte ich mich angekommen. Ich wusste, ich würde das Haus nicht mehr betreten müssen. Alles war mir schon bekannt.

156

Das Päckchen

Jetzt, als er plan- und ziellos durch die Wälder streifte, sich an Wiesenrainen einfach fallen ließ und in den Himmel starrte, stieg die Erinnerung an ähnliche Streifzüge hoch, die er während seiner Kindheit hier in der vertrauten Umgebung seines Heimatdorfes unternommen hatte. Auch damals schon – wie dünkte ihn dieses ‚damals' so myriadenfern entrückt – hatte er diese schwarze Wand vor seinen Augen auftauchen sehen. Undurchdringlich, bedrohlich. Nicht einmal an seinen Namen konnte er sich dann erinnern. Da war ein Klang, ja. Eine Stimme. Die Stimme seiner Mutter. Wie sehr er sich aber bemühte, seinen eigenen Namen mit seinen Lippen, mit seinem Namen zu formen, es gelang ihm nicht.

Auch in jenen frühen Jahren schon, nur viel dumpfer, unklarer, waren in ihm die Fragen aufgetaucht: Warum, wohin, woher, wozu? Aber wenn er einen Löwenzahn hatte pflücken wollen oder einen versteinerten Schachtelhalm gerade voll Entzücken entdeckt hatte, schnitt plötzlich die schwarze Wand ihn von alledem ab. Die Fragen umgarnten ihn, verknäulten ihn, Angst lähmte seine Glieder und die Stimme, die um Hilfe rufen wollte. Vor ihm ein Abgrund. Und er ganz allein.

Er war zurückgekehrt, von wo er hatte fliehen wollen. Das Dorf, die wohlgeordneten Häuschen, die adretten Gardinen, hinter denen die neu-gierigen Blicke auf Beute lauerten. Du bist anders als wir, sagten die Blicke, wenn er ihnen im Freien begegnete. Hüte dich, es wird böse mit dir enden. Die Häme hatte er wie einen Würgegriff im Nacken gespürt. Er war fortgegangen, fortgerannt. Entronnen. Endlich frei. So hatte er geglaubt.

Nun war er wieder hier. Es hatte ihn gepackt, durch Raum und Zeit geschüttelt wie in einem Schüttelglas. Er zwang sich dazu, sich verbindlich an das zu erinnern, wovor er auch jetzt noch am liebsten davonliefe. Weglaufen ist keine Alternative, denn er wusste schon zu gut, dass es zwecklos sein würde. Also sich stellen. Den auf ihn einstürmenden Bildern. Er war bereit, sie zu erforschen, nahm Anlauf und rannte hinein in den Irrgarten. Überfallartig bedrängten Eindrücke ihn von allen Seiten: die wie Gummibänder sich dehnenden Straßen der Stadt, die herabfallenden Balkone, Farbquader, schwarze, undurchdringbare Stellwände ringsum, Fratzengesichter, Menschen wie Pappfiguren ... und das Gefühl einer unnennbaren Abgeschiedenheit.

In jenen Stunden erfuhr er, was für ein Ausmaß an Einsamkeit möglich ist. Vollkommen allein! So musste ein Astronaut sich fühlen, der sein Verbindungsseil zur Raumkapsel durchtrennt und dieses soeben verschwinden sieht. Nicht Verlassenheit, also die Abwesenheit von etwas, dem man sehr nahe steht, sondern das vollständige, durch alle Zeiträume reichende, plötzlich erkannte Fehlen desselben.

Es ist aus, hatte er geschrien. Oder hatte er es nur gedacht? Es war schlimmer, abgrundtiefer, als er es je für möglich gehalten hätte. Dieses Gefühl flößte ihm die Furcht ein, außer Kontrolle zu geraten. Und in Panik war er plötzlich losgerannt. Irgendwo sagte ihm ein Instinkt, dass es jemanden gab, der ihm helfen würde. Wilde Angst trieb ihn durch fremde Straßen, Häuserzeilen schlugen über ihm zusammen. Du musst es schaffen, du musst es schaffen, nur so viel hatte er noch denken können.

Wie er wirklich dorthin gelangt war, wusste er sich später nicht zu erinnern. Nur dass er vor dem Haus stand und hinaufschrie in den vierten Stock. Dieses Bild hatte sich in ihm eingegraben: er – eine winzige, schwankende Gestalt vor dieser mächtigen, stummen Fassade. Er – allein in der Nacht vor den nur noch vereinzelt erleuchteten Fenstern. Er – bedroht, verloren, dem Tode nahe! Wollt ihr mir denn nicht helfen, dachte er verzweifelt. Und da rief, kaum noch von ihm erwartet, jemand von ganz oben zu ihm herunter: Was ist los? Was schreist du so? – Ich sterbe, hatte er wirklich so geantwortet oder war es nur das Dröhnen in seinem Kopf, das Bohren hinter seiner Schädeldecke? Dann kamen sie wieder, die Alpbilder. Er empfand wieder den Sog der Tiefe beim Blick aus seinem Fenster in den Hof. Als gäbe es kein Entrinnen. Danach war er die Treppen hinuntergestürzt, hatte sich in die Schluchten des Verkehrs begeben, um diesem Sog zu entfliehen. Aber es standen andere Zwangsbilder auf, ihn zu erdrücken, zu ersticken, in die Tiefe zu ziehen.

Von ferne hörte er eine Stimme, die beruhigend auf ihn einsprach: Sei ganz ruhig, ruhig. Du wirst nicht sterben. Was hast du genommen? Als er aus den Schlünden emporgetaucht war, einige Tage später, wusste er wieder, was passiert war. Er hatte in einer Kneipe einen Mann getroffen. Sie waren ins Gespräch gekommen. Zwei Einsame. Der Mann hieß Erik und hatte trotz seines abgerissenen Äußeren einen philosophischen Akzent in seinem Wesen. Philosophisch waren auch schon sehr bald ihre Reden verlaufen. Nebenbei erfuhr Gabriel einiges aus der Lebensgeschichte dieses Mannes. Ihm fehlten der rechte Arm und das linke Bein. Sie waren von einem Zug abgetrennt worden, als er neunzehn Jahre alt gewesen war. Über die Ursachen des Unglücks schwieg er. Seine Berufsausübung als Schmied konnte er fortan vergessen. Umschulung. Abendschule. Abitur. Studium. Philosophie: die Frage des Lebens, der Wert des Lebens, der Sinn des Lebens, das Ziel ... Da war auch die Sache mit den Frauen. Mochten sie denn einen wie ihn? Ein paar kurze Beziehungen. Lange hatte nie eine gehalten. Auch zu der nicht, die seinen einzigen Sohn gebar. Da war kurze Zeit Hoffnung in ihm gewesen, ein normales Leben führen zu können. Arbeit. Familie. Ein kurzer Traum. Als sie auszog und meinte, sie könnte es auf Dauer nicht mit einem Krüppel – ja, Krüppel hatte sie gesagt! – aushalten, hatte er allen Halt verloren. Er ging nicht mehr zur Arbeit. Er ließ die Wohnung verkommen. Nur das Zimmer von ihr und dem Kleinen bewahrte er wie ein Heiligtum. Nichts rückte er von der Stelle, als könne er sie mit dieser Art von Magie zurückgewinnen. Eines Tages, vielleicht eines sehr fernen Tages. Er würde warten. Er würde nichts weiter mehr zu tun haben.

Dies alles hatte er Gabriel erzählt im Verlaufe eines langen Abends und noch der beginnenden Nacht. Und dann hatte er ihm ein Päckchen in die Hand gedrückt und gesagt: „Nimm das, wenn du die Welt nicht begreifst. Die Wirklichkeit dreht sich um 180 Grad. Du fühlst dich gut dabei. Nicht eigentlich euphorisch. Aber ohne jegliche Angst!" Mit diesen Worten hatte er das Lokal verlassen. Und da erst hatte Gabriel dessen nur leicht ungelenken Gang bemerkt.

In der Folgezeit hatte er immer wieder an diese Begegnung denken müssen. Obwohl um viele Jahre jünger – schwer hatte er das Alter von Erik einschätzen können – , fühlte er sich jetzt schon manchmal so ausgelaugt, so überflüssig, so ungesichert, wie jener sich wohl fühlen musste. Auch er hatte sich um Freundschaften bemüht, aber auch bei ihm hatten sie nicht gehalten. Als wenn ihm auch ein Arm und ein Bein fehlten, so musste er plötzlich denken.

Seit kurzem erst in der fremden Stadt, hatte ihn nach der ersten Euphorie der Katzenjammer gepackt, und er schämte sich einzugestehen, dass er sich zurücksehnte in die überschaubare Welt seiner Heimat, die doch nie die seine gewesen war und von der er sich ebenfalls ausgeschlossen fühlte. Welche Einsamkeit war die schlimmere? Eine nicht lohnende Fragestellung, denn es gab keine Antwort darauf.

Dann war er eines Abends wieder einmal allein in seinem Zimmer. Die Vorlesungen über sprachphilosophische Zusammenhänge hatten ihn überhaupt nicht überzeugt. Sprache, gut. Philosophie, ja meinetwegen. Aber wo waren die Menschen, die er brauchte? Oder auch nur ein einziger, mit dem er über alles reden konnte, dem er sich anvertrauen, ausliefern, schenken wollte.

Da fiel ihm das Päckchen ein. Du musst es probieren, dachte er. Ich will wissen, wie es ist. Ob sich die Wirklichkeit anders darstellt. Wie? Schöner? Reicher? Unkomplizierter?

Er nahm. Und weil er nichts spürte, nahm er noch etwas. Und noch etwas, bis das Päckchen leer war. Und noch immer spürte er nichts. Also Schwindel! Alles ist, wie es ist. Und daran ist nichts zu ändern. Gerade wollte er sich seinen melancholischen Gedanken überlassen, als es ihn plötzlich wie mit einem Kran hochhob und fallenließ. Seine Glieder schmerzten, als seien sie zerschmettert. Und dann hatte es angefangen mit dem entsetzlichen Durcheinander, dem er hilflos ausgeliefert war. Was ihn packte und niederzwang. Was ihn zu einem willenlosen Objekt in einem Horrorszenario machte: er inmitten von Löwenköpfen, Affenarmen, in Trichter gezogen, in denen es von amputierten Gliedmaßen wimmelte, krachend fallende Bäume, von Riesentermiten ausgehöhlt, und ganz am Rand Menschen wie Scherenschnitte, die ihn angrinsten ... Rennen, rennen, rennen. Um sein Leben.

Nun lag er hier im Wald. Er hatte das Inferno überstanden. Aber die Unruhe war noch nicht von ihm gewichen. Er wusste noch nicht, wie es weitergehen sollte. Sein Leben. Sein junges Leben. „Ich weiß, dass ich gegen die Angst nichts ausrichten kann. Meine Worte, fein ausgewählt, und meine Gedanken, immer aufs Neue geschärft, fangen das nicht ein, was sie umgibt. Aber ich lebe so gerne. Meistens ist das Leben gut", so konnte Gabriel jetzt denken. Mit diesem Erlebnis war es ihm zwar nicht gegeben, zu erkennen, was die Welt ist, warum, wozu ... Aber er hatte plötzlich die Dimensionen des Alls verstanden. Sprache war darin eine verlorene Enklave. Die ausgetüftelten Sätze, die Erklärungen hergeben sollten, hatten zu dem Feuer, welches in ihm brannte, keine Beziehung mehr. Er hatte die absolute Leere erfahren, die ihn so sehr erschreckt hatte und doch auf seltsame Weise beruhigte, so als könne nun nichts wirklich Schlimmes mehr geschehen.

Als er sein Leben zu verlieren im Begriffe war, hatte Gabriel es plötzlich als ungeheuer kostbares Geschenk erfahren. Und er hatte sich geschworen, als es ihm zum zweiten Mal geschenkt wurde, es zu schützen. Nicht nur in sich, sondern in vielen anderen. Denn es war wehrlos und der Hilfe bedürftig.

Brotkrumen

Etwas Außergewöhnliches hatte sich an jenem Tag ereignet, als sie sich an der Hotelrezeption vorbei bis zum Zimmer 1064 im zehnten Stockwerk des ehemals modernen Hotels des bekannten Seebades durchgefunden hatten.

Sie mussten mehrmals an die Tür klopfen, bis sie geöffnet wurde. Dann standen sie voreinander, sich vor Glück bestaunend.

Ganz leise musste die Tür wieder geschlossen werden, und der Schlüssel wurde sicherheitshalber zweimal im Schloss gedreht.

Nun erst konnten sie einander in die Arme fallen. Die alte Frau und die junge und die Kinder der jungen. Es war die zweite Begegnung in ihrem Leben. Aber nahe Verwandtschaft verbindet. Über Zeiträume und Grenzen hinweg.

Die Reise war möglichst unauffällig arrangiert worden. Eine Erholungsreise. Für die junge Familie aus dem Westen keine Besonderheit. Wohl für die alte Frau. Nur einmal zuvor war sie am Meer gewesen.

Ihr Sohn hatte ihr diese Reise ermöglicht, diesen Aufenthalt in einem für „dortige" Verhältnisse sehr teuren Hotel. Er selbst hatte als angesehener Mitarbeiter der volkseigenen Touristenbranche am Bau dieses Hotels mitgewirkt. Richtungweisend. Ein Hochhaus. Der Stolz eines jeden Seebades. Drüben. Damals. Der Tourismus sollte Aufschwung bringen für das eigene verarmte Land.

Die Augen der alten Frau glänzten vor Freude. Die Tochter ihres Bruders und deren Kinder wiederzusehen. Jetzt, wo dieser gestorben war. Sie liebte sie mit einer vorbehaltlosen, tiefen Zuneigung. So, wie sie ihren Bruder, den früh von zu Hause Fortgegangenen, geliebt hatte.

Schaut doch, Kinderchen, wie wundervoll der Blick von hier oben ist, sagte die alte Frau und führte ihre Gäste auf den kleinen Balkon. Tatsächlich, der Blick über die weit ausschwingende Bucht, über die schön angelegten Gärten und Anlagen zwischen den inzwischen zahlreich entstandenen Hotelkomplexen war großartig. Die alte Frau wagte nicht daran zu denken, was das alles kostete. Von ihrer bescheidenen Rente hätte sie nicht einmal die Fahrt hierher bezahlen können.

Aber schon wandte sie sich wieder ihrem Besuch zu. Kommt herein, Kinderchen, ich habe euch doch etwas mitgebracht! Und wieder überstrahlte ihr faltiges Gesicht ein glückliches Lächeln, als sie nun ihre Geschenke übergab: für die Kinder eine Puppe, einen präparierten einheimischen Frosch, einen Krebs, für die Nichte eine bestickte Bluse.

Voller Scham nahmen die Westbesucher diese liebevollen Geschenke entgegen, ahnten sie doch, was für Entbehrungen die gute Frau dafür auf sich genommen hatte.

Diese aber verstand es, durch ihre unverfälschte Herzlichkeit ihnen ihre Beklommenheit zu nehmen.

Habt ihr schon etwas gegessen, fragte sie sogleich besorgt und fügte aufmunternd hinzu, ich habe etwas von zu Hause mitgebracht. Damit ging sie zum Schrank und holte eine alte Tasche daraus hervor.

Setzt euch doch, Kinderchen, forderte sie ihre Besucher auf. Wir werden zusammen hier frühstücken.

Das Zimmer war spartanisch eingerichtet. Es befand sich nur ein Stuhl dort und kein Tisch, wohingegen die „Segnungen" des Fortschritts – Telefon, Radio, Fernseher – nicht fehlten. Darauf hatte die alte Frau sie auch mit einem gewissen Stolz aufmerksam gemacht. So, als wolle sie sagen, so rückschrittlich sind wir bei uns gar nicht!

Die alte Frau setzte sich auf den Stuhl, während ihre Besucher auf dem Bett Platz nahmen, noch immer ein wenig verschüchtert.

Vorsichtig packte sie ihren von zu Hause mitgebrachten Proviant aus. Brot, Eier, Käse und Tomaten. Er sollte ihren Aufenthalt hier billiger machen.

Nehmt doch, Kinderchen, ermunterte die alte Frau ihre westlichen Verwandten. Brot ist bei uns billig, und die Tomaten sind aus meinem Garten!

Zaghaft griffen ihre Besucher zu.

Es wurden Pläne gemacht für die Zeit, die man gemeinsam verbringen wollte. Gemeinsame Spaziergänge, gemeinsames Essen, den Besuchern zeigen, wie schön es hier trotz allem war.

Jeden Tag holten die junge Frau und die Kinder die Tante aus dem Hotel ab. Schon bald fühlten sie sich so zusammengehörig, als hätten sie nicht Jahrzehnte getrennt voneinander in lange Zeit nicht überschreitbaren Grenzen gelebt.

Die Koffer mit den mitgebrachten Sachen sollten am Ende der gemeinsamen Ferienwoche vom Sohn möglichst unauffällig mitgenommen werden. Die Liste mit den gewünschten, weil in ihrem Lande unerschwinglichen oder einfach nicht zu kaufenden Gegenständen hatte sie schon vor Monaten der Post anvertraut. Und da gab es noch einen wichtigen Wunsch, der wurde aus Angst vor Kontrolle nur mit G... bezeichnet. Das G. war der Schlüssel für lang gehegte Träume. Eine Waschmaschine, ein Fernsehapparat.

Das G. war am leichtesten zu transportieren gewesen. Unverdächtig bei einem Westurlauber. Devisen sind immer willkommen. Der Inhalt der Koffer wäre notfalls als Eigenbedarf deklariert worden. Aber zum Glück mussten die Koffer bei der Gepäckkontrolle am Flughafen nicht geöffnet werden. Vieles wäre beim Zoll bereits in die gierigen Hände der Beamten gelangt. Einfuhr nicht erlaubt!

Streng verboten ist auch, etwas im Hotelzimmer zu verzehren. Die Besucher können das einfach nicht glauben, wie so manches andere nicht, was ihnen zu Ohren kommt. Erst als sie einmal miterleben, wie ihre alte, gebrechliche Tante völlig verschreckt ist, als sie nach einem Imbiss auf ihrem Zimmer die Krümel auf dem Boden entdeckt, wie sie sich mühsam bückt, um jeden einzelnen Krumen aufzulesen, wie sie zunächst wie versteinert sind, weil sie nicht recht begreifen können und erst dann ihr zu Hilfe kommen, erst da beginnen sie zu ahnen, was dieses Treffen bedeutet. Für die alte Frau. Aber auch für sie.

170

Das Piano

Nedelka blickte aus dem schmalen Fenster ihrer Kammer hinunter in den grauen Hinterhof. Vergleichsweise hatte sie noch Glück, das musste sie sich immer wieder selber zum Troste sagen. Kaum auszudenken, wenn sie Parterre hätte wohnen müssen, hinter vergitterten Fenstern. Nein, das hätte sie nicht überlebt! Aus einem Gefängnis entkommen zu sein, um wieder hinter Gittern leben zu müssen. Sie war doch jetzt in der Freiheit. Wie konnten sich Menschen freiwillig eingittern, dachte Nedelka. Das konnte sie ganz und gar nicht begreifen. In ihrem Land hatte es das nicht gegeben. Wohnhäuser mit Gittern vor den Fenstern.

Sie lauschte den Geräuschen im Hause, bei denen sie inzwischen gelernt hatte zu unterscheiden in gefährliche und ungefährliche. Denn in Wirklichkeit war sie ja noch immer nicht frei. Sie hatte ihre Identität aufgeben, sich verstecken müssen. Vergessen? Das war nicht möglich.

Noch war sie allein in der großen Wohnung im vierten Stock, in der ihre Retter ihr dieses winzige Zimmerchen als Zuflucht angeboten hatten. Ihr Bruder Radko hatte die Flucht für sie arrangiert. Sie wenigstens sollte einmal ein freies, selbstbestimmtes Leben führen können. Für ihn selbst mit seiner großen Familie war die Lage aussichtslos, sich über die grüne Grenze absetzen zu können. Das Risiko war ihm zu groß. Aber für sie, seine kleine Nedelka, hatte er einen Weg gefunden, einen ausgeklügelten Plan erdacht. Und es hatte geklappt! Die Todesängste vor einer Entdeckung waren schon beinahe vergessen.

Wie hatten sie beide ihrer Großmutter Iwanka atemstill zugehört, wenn sie von dem gesegneten freien Land erzählt hatte, wohin ihr Sohn aufgebrochen war. Das war zu einer Zeit gewesen, als ein Auswandern noch möglich war. Sein Heimatland schien für ihn und seine kühnen Pläne keine Zukunft zu haben. Erfindungen von Maschinen, an die in jenem Bauernstaat nicht mal im

Traum gedacht wurde, durchgeisterten seinen Kopf. Vielleicht würde er heimkehren und sein rückständiges, verschlafenes Land wie mit einem Zauberstab befreien. Aber er hat uns wohl vergessen, weil es ihm zu gut ging, hatte Großmutter Iwanka traurig erzählt. Und dann hatte er nicht mehr zurückkehren können, weil Grenzen, Zäune, Gitter errichtet worden waren. Dennoch – in der Familie war jener ferne Onkel ein Hoffnungsträger gewesen. Dass es gelingen konnte, in die Freiheit zu entkommen.

Nedelka hörte die Wohnungstüre schnappen. Zeit, in die Küche zu eilen. Für Träumereien wurde sie schließlich nicht hier geduldet. Sogar ein kleines Taschengeld wurde ihr zugestanden. Keinen Pfennig davon gab sie allerdings aus. Sie würde sparen, so lange, bis sie sich ein Klavier kaufen könnte. Dann würde sie nicht mehr heimlich auf dem Pianola spielen müssen, dessen Mechanik stark beschädigt war und ihre Finger beim Spielen nervös zucken ließ. Schostakowitsch, Rachmaninoff, Rimsky-Korsakow – wie oft war sie im Geiste mehr als auf den Tasten dieses ungebärdigen Instruments den Klavierpart der großen Konzerte durchgegangen. Eines Tages würde sie einfach die Türe öffnen, würde die Treppen hinunterlaufen, die Straßen durcheilen bis zu einer Konzertagentur und sagen: Hier bin ich, Nedelka Iltschewa, Konzertpianistin. Fragen Sie meinen Freund, den großen Cellisten aus meinem Land, fragen Sie ihn, wer ich bin. Und sie werden nicken und staunen und vergessen zu fragen, wie ich hierhergekommen bin. Sie werden es einfach vergessen, weil ich mich bereits an den Flügel gesetzt habe und die ersten Takte von Rachmaninoffs Zweitem Klavierkonzert kraftvoll intoniere ...

Ein Seufzer entfuhr Nedelka. Beim Abgießen des Kartoffelwassers hatte sie sich gerade ihren rechten Handrücken verbrüht.

174

Die Melodie

Er rief mich an, sagte mit einer unnatürlich ruhigen, tonlosen Stimme: Daniela.

Dann entstand eine Pause, eine Stille, die mich durchs Telefon berührte wie eine eiskalte Hand. Ich presste die Frage heraus: Was ist mit ihr?

Aber ich erhielt keine Antwort.

Rolf, bist du noch da? Was ist geschehen?

Ein Rauschen, ein übermäßig starkes Brausen drang in mein Ohr. Kam es aus der Leitung oder aus meinem eigenen Innern? Ich konnte es nicht unterscheiden.

Jenseits dieses Rauschens, wie aus einer ozeanischen Ferne, drangen leise und abgehackt die wenigen Worte zu mir, deren Sinn ich nicht begriff: Daniela - ist - tot.

Es ist ein Film, natürlich. Es ist ein Traum. So dachte ich. Ganz deutlich fühlte ich: es ist nicht wahr!

Daniela - wir kannten uns seit unserer Kindheit. Ich hatte wohl mechanisch den Telefonhörer aufgelegt. Hatte ich noch etwas geantwortet? Hatte ich gesagt: Ich komme ...?

Was hätte es für einen Zweck haben sollen? Wenn es stimmte, wenn die Worte, die ich gehört hatte, wahr waren?

Ich tauchte hinab in die Erinnerung. Schützend wie eine Haut umgab sie mich. Ich sah uns im Garten stehen, im Garten ihrer Eltern. Hand in Hand. Wir trugen die gleichen Röcke mit Trägern und weiße, bestickte Blusen dazu. Wir waren unzertrennlich. Ich durfte jederzeit zu ihr kommen. Ihre Mutter machte kein Aufheben davon. In Danielas Elternhaus fühlte ich mich wohl. Ich war kein Gast, ich gehörte dazu. Wenn ich kam, wurde selbstverständlich ein Teller zusätzlich für mich auf den Tisch gestellt.

Ich spüre noch den glattpolierten Messingknauf in meiner Hand. Eine leichte Drehung und der sanfte Druck gegen die Tür -

175

und ich war in dem Haus, welches ich noch heute als einziges mit Heimatgefühlen in Verbindung bringe.

Wie selbstverständlich wurde ich dort angenommen! Umgekehrt war es nicht genauso. Meine Mutter war zu beschäftigt. Daniela wurde in unseren vier Wänden zu einer unnatürlichen, steifen Aufziehpuppe, die zur gereichten Hand, zum angebotenen Keks einen artigen Knicks machte. Glücklich waren wir nur draußen. Im Garten zwischen den Blumen und Beerensträuchern, unterwegs mit unseren Rädern, im Wald mit den dicken Findlingen, die moosbewachsen waren und uns wie versteinerte Fabelwesen dünkten.

Dort haben wir auch Schneewittchen und Dornröschen gespielt. Stets war Daniela aus dem tiefen, todesähnlichen Schlaf erwacht.

Ich muss zu ihr fahren. Es kann sich nur als Irrtum herausstellen, was ich mir einbilde, gehört zu haben.

Als Rolf mich empfängt, weiß ich, dass ich nicht geträumt habe. Ich brauche ihm nur ins Gesicht zu sehen. Es ist fahl und gänzlich ohne Bewegung. Noch nie habe ich in derart erloschene Augen gesehen.

Ich will etwas sagen. Aber wie könnte ich das! Ich weiß, dass er nicht zu trösten ist. Es gibt keinen Trost für ihn. Daniela war für ihn alles.

Wie kam es dazu, dass aus bisher völlig unerklärlichen Gründen ihr Auto auf freier Strecke vom Weg abkam und gegen eine mächtige, dort ganz allein stehende Esche fuhr? Dieser Baum war so markant, dass man ihn von weither von den umliegenden Tälern und Bergen sehen konnte, weil er einsam auf jener Höhenstraße stand. Wie ich später erfuhr, war er der einzig übriggelassene einer ursprünglichen Allee.

Nein, es war keine Absicht. Das war ganz und gar unmöglich. Nicht bei Daniela. Ich kannte sie genau. Sie war glücklich mit Rolf, mit ihren Kindern. Sie führte ein offenes Haus wie früher ihre Mutter. Freunde ihrer Kinder waren stets so willkommen wie ihre Kinder selbst. Und wenn ich zu Gast kam, erfüllte mich wieder wie in Kindertagen das Glück einer fraglosen Zugehörigkeit. Was in ihr war, war eine gewisse Unergründlichkeit, eine unstillbare Sehnsucht. Wir sind nur Gäste sagte sie manchmal unvermutet in Augenblicken schönster Harmonie.

Ihr Gesicht war friedlich und gelöst. Sie lächelte, als man sie fand. Aus dem Cassettenradio tönten noch die letzten Takte eines Violinkonzerts.

Ich wusste, es war ihre Lieblingsmusik. Wenn ich jetzt diese Violinmelodie höre, schraubt sie sich mir schmerzhaft ins Gehirn. Ich fühle es ganz deutlich, das Lockende, das Ziehende in diesen Tönen. Die Wirklichkeit wird plötzlich zu einem schwankenden Steg.

Ich glaube wie nie an die Unauslöschlichkeit der Liebe, das hatte sie gesagt. Das war Daniela. Ihr Blick war eigentlich immer in eine Weite gerichtet, die jenseits der Dinge lag.

Manchmal glaube ich, dass ein anderer, der ganz Andere, sie an jenem Tag rief. Das möchte ich Rolf gerne sagen. Vielleicht hilft es ihm.

40 Jahre später

Die Weide

Vorgestern, genau zwei Tage nach dem Weihnachtsfest, fuhr ich mit dem Zug in meine Heimatstadt Berlin. Ich hatte in meine Reisetasche nur das Nötigste gepackt, denn ich würde nicht viel brauchen für das, was ich zu tun gedachte.

Nach vielen Jahren hatte es erstmals wieder zu Weihnachten Schnee gegeben. Winter mit Schnee, das gehörte wie selbstverständlich zu meinen Kindheitserinnerungen. Und so stimmten mich die weißgekleideten Ebenen, durch die der Zug rollte und mich dem Ziel näher brachte, auf eine unbestimmte Weise traurig. Ich wusste, ich würde nun bald einen scharfen, unerbittlichen und nicht mehr rückgängig zu machenden Strich unter ein Kapitel ziehen, welches man Kindheit nennt, obwohl diese schon so lange hinter mir lag.

In meinem Portemonnaie bewahrte ich zwei alte Photos auf. Schwarz-weiß, klein, mit weißem gezacktem Rand, schon ein wenig vergilbt und knittrig geworden: das Haus meiner Großeltern. Die Stunden dehnten sich wie Tage, und mir wollte scheinen, als trüge mich der Zug rückwärts. Der Rhein und später die Elbe, die wir überquerten, waren auf die doppelte Breite angewachsen. Wenig zuvor hatte es ein Jahrhunderthochwasser gegeben, das nicht nur Uferbezirke, sondern ganze Stadtteile unter Wasser gesetzt und viele Menschen vorübergehend wohnungslos gemacht hatte. Die Sonne brach durch und ließ die Schneefelder glänzen. Dann fuhren wir durch Wälder, lichte Kiefernwälder, und ich wusste, dass sie die Vorboten meiner Heimat waren. Mein Blick wanderte neben den schwarzen Gleisen auf den schwarz-weißen Waldwegen entlang, zwischen braunrindigen Hochstämmen mit ihrem scheuen Nadelkleid. So waren meine Augen stets neben der S-Bahn hergelaufen, die mich an jedem Wochenende und zu jeden Ferien aus dem Herzen der Stadt zum Haus meiner Großeltern trug.

Der Wald, dieser für mich unvergleichlich schöne und aufregende Wald, von dem ich glaube, dass er nirgendwo anders so wunderbar, so einmalig sein kann wie gerade dort, am Rande von Berlin, und den ich zu Fuß durchqueren musste vom Bahnhof Rahnsdorf bis zum Freienbrincker Saum, wo die ersten Häuser auftauchten.

Und das größte und schönste – natürlich, wie hätte es anders sein können – gehörte meiner Großmutter. Mein Großvater, den ich nur aus Erzählungen kannte, denen zufolge er seine kleine Enkeltochter mit so zärtlichen Namen wie Goldfasänchen und Sonnenschein bedacht hatte, lebte damals leider schon nicht mehr. Wenn ich es zwischen den Bäumen hinter einer leichten Sandböschung auftauchen sah, wusste ich, dass mich die Freiheit erwartete und die süßesten Wonnen vieler – auch heimlicher – Spiele. Was waren jene armseligen Eisengerippe in den Stadtparks, an denen man turnen konnte, und die Steinhaufen auf den überall noch reichlich vorhandenen Trümmergrundstücken gegen „meinen" Sandberg und „meine" Krüppelkiefer, die so ideal wie ein Kletterbaum gewachsen war und in deren Wipfel ich die ganze Straße mit ihren netten Lauben und den duftenden Obstbäumen überblicken konnte. Die Straße, an deren oberstem Ende, unmittelbar am Waldrand, das großelterliche Klinkerhaus stand, hatte einmal Prinz-Heinrich-Straße geheißen, aber vor kurzem hatten sie ihr einen viel schöneren, passenderen Namen gegeben: Vogelsdorfer Steig. Ja, die Vögel waren hier zu Hause. Und ich selbst war ein Vogel hoch oben in meinem Nest in der Kiefer. Die Vögel konnten auf- und niedersteigen und sich niederlassen und zahm werden wie unser zahmer Rabe Jakob, den wir auf der Terrasse fütterten, der sogar aus der hingestreckten Hand fraß.

Und dann gab es noch Dieter. Er wohnte in dem einzigen Steinhaus außer dem unsrigen, nur ein paar Meter weiter abwärts auf dem ungepflasterten sandigen Weg. Er besaß Dinge, von denen ich träumte und die ihn in meinen Augen unwiderstehlich machten: die Ziege „Frieda", zwei Karnickel, Mummel und Hansi genannt, eine riesengroße Regentonne, mit dem herrlichsten, erfrischendsten Wasser gefüllt, einen Holzroller und eine Schaukel, befestigt an einer Teppichstange.

Mit Dieter durfte ich spielen. Er war ein „artiger" Junge. Kaum angekommen sauste ich schon zu ihm herüber. Erst mal die Kaninchen begrüßen. Sie waren schon wieder ein Stück gewachsen und schoben ihre weichen Nasen mümmelnd an den Maschendraht. Ein gemeinsames Bad in der Regentonne. Der große Augenblick kam, wenn wir mit Frieda an der Leine in den Wald durften. Es gab dort genug saftiges Gras für Frieda und für uns Blaubeeren oder Pfifferlinge und den Bach Rahne, durch den wir barfuß im Gänsemarsch hinter Frieda herzogen.

Ein gefährliches Spiel und ein gegenseitiger Beweis unseres Mutes war das Überqueren der Bahngleise, was uns streng verboten worden war. Und natürlich das Bäumeklettern, was für mich einmal recht schmerzhaft endete, als ich Dieter meinen Todessprung vorführen wollte. Ich hatte ihn mehrmals heimlich geübt, und stets war es glatt gegangen. Ausgerechnet diesmal, wo ich mir so großartig vorkam, stolperte ich über ein dummes vorstehendes Ästchen. Ich landete nicht elegant wie geplant auf den Füßen, sondern kläglich auf meinem linken Arm, der höllisch schmerzte. Dieter wurde vor Schreck ganz blass. Natürlich schworen wir uns, die wahre Ursache zu Hause zu verschweigen. Es stellte sich heraus, dass der Arm gebrochen war und in Gips musste. Mit der Tollerei war es für eine Weile vorbei. Dafür entdeckten wir nun die Genüsse unseres Gartens: die jungen Schoten, die Johannisbeeren, die wir in die geöffneten Münder perlen ließen, die zuckersüßen Mirabellen, die Äpfel, Birnen, Pfirsiche und den bitterherben Geruch der Thujahecke, die übermannshoch unseren Garten umgab und in der wir so herrlich Versteck spielen konnten.

Pralle Sommerzeit voll reifer Früchte und würzigem Duft von Kräutern, Kiefernharz und Lebensbaum, Pilzgeruch in den Wäldern, weicher, weißer Sandboden von Nadeln und Moos bedeckt. Im Winter der kleine Teich von Eis überzogen, auf dessen Eisschollen wir schaukelten, um uns dann mit einem kühnen Sprung ans Ufer zu retten. Unser Rodelberg und die spiegelblanke, ellenlange Schlidderbahn, die wir durch eifriges Rutschen erschufen. Kinderfreuden, Kinderland, viele Jahre hindurch, bis eines Tages meine Großmutter zu uns in die Stadt zog. In den Westen. Da war ich acht Jahre alt. Und es kam so plötzlich, dass ich nicht begriff und auch niemand damals ahnte, dass dieser Schritt vom Osten in den Westen den Verlust ihres Hauses, den Verlust meiner Kinderseligkeit bedeutete.

Nun sitze ich im Zug, fahre meiner Kindheit entgegen. Aber ich werde das Haus nicht besuchen. Ich habe es getan.. Nach dem unvorstellbaren Ereignis der Wiedervereinigung. Die Trennung, die haben wir ja als Kinder erlebt. Mit Worten wie Sektor und Zone wuchsen wir auf. Und dann kam es noch viel schlimmer. Die Mauer, Grenzen, unüberwindbar.

Das Haus meiner Großeltern, welches sie mit so viel Fleiß und Entbehrung und so viel eigenem Einsatz erbaut hatten, stand unverändert, als ich es wiedersah. Nur der Garten war nicht mehr wiederzuerkennen. Die Thujahecke, die Obstbäume fort, ein kahles Rasenstück stattdessen, geschoren wie zu einer Hinrichtung.

Es wohnen fremde Menschen in dem Haus. Ich habe mich ihnen vorgestellt und mich bemüht, nicht das übliche Ressentiment gegen die Wessis aufkommen zu lassen. Natürlich würden sie wohnen bleiben können, habe ich ihnen gesagt.

Das Haus hat immer eine kleine Mansardenwohnung besessen. Darin wohnte zu Großmutters Zeiten eine unverheiratete Lehrerin – bis zu ihrem Tod, wie ich damals erfuhr. Die Parterre-Wohnung hatte meine Großmutter immer an Sommerfrischler, wie das damals hieß, vermietet. Eine Frau, jahrelanger Sommergast, war eine gute Hobbymalerin. Sie fertigte ein hübsches Aquarell von dem Haus an und schenkte es meiner Großmutter. Das Bild steht noch heute auf dem Holzsims über unserer Heizung.

Unser Sohn, den es zum Studium in meine Heimatstadt Berlin zog, träumte von der kleinen Mansardenwohnung in unserem Haus in Rahnsdorf, von einem kleinen Gemüseeckchen in dem großen Garten. Den Weg durch den Wald zum S-Bahnhof hatte er schon erkundet, und die fünfzig Minuten Fahrt in die Stadt zur Uni würde er gerne in Kauf nehmen.

Aber es gibt andere Menschen mit einer eigenen Biographie, die auch eine Kindheit umfasst, die auch aus Erinnerungen besteht, die sich dort im Verlaufe von vielen Jahren angesammelt haben.

Der Zug ist angekommen. Berlin – Zoologischer Garten. Ich werde von meinem Patensohn, dem Sohn meiner Schulfreundin Bärbel, abgeholt. Ich weiß, etwas Endgültiges steht mir bevor. Ich habe es selbst so gewollt und komme mir doch vor wie ein Seelenverkäufer.

Ich verkaufe den Duft, die Süße, die Schönheit, die unbeschwerten Tage meiner Kindheit und fühle mich sehr traurig.

Ich vergaß zu erzählen, dass oberhalb vom Steingarten, der nur noch ansatzweise zu erkennen war, und der alten Steintreppe aus weißen Kalkquadern, die mein Großvater so akkurat in den kleinen Sandhügel des Gartens verlegt hatte, eine mächtige Trauerweide stand, als ich jetzt nach fast dreißig Jahren zu dem Grundstück am Wald zurückgekehrt war. Mit einem freudigen Gefühl in der Magengegend erkannte ich darin den Weidensteckling, den Dieter mir einmal geschenkt hatte und den ich selbst dort eingepflanzt hatte. Erstaunlicherweise war alles recht wenig verändert in der langen Zeit. Nur dass die Sandstraße befestigt war und der Sandberg mir nur noch wie eine nicht nennenswerte Erderhebung vorkam.

Ich fragte nach Dieter. Natürlich. Der war schon lange nicht mehr dort, und keiner konnte mir sagen, wohin er gegangen war.

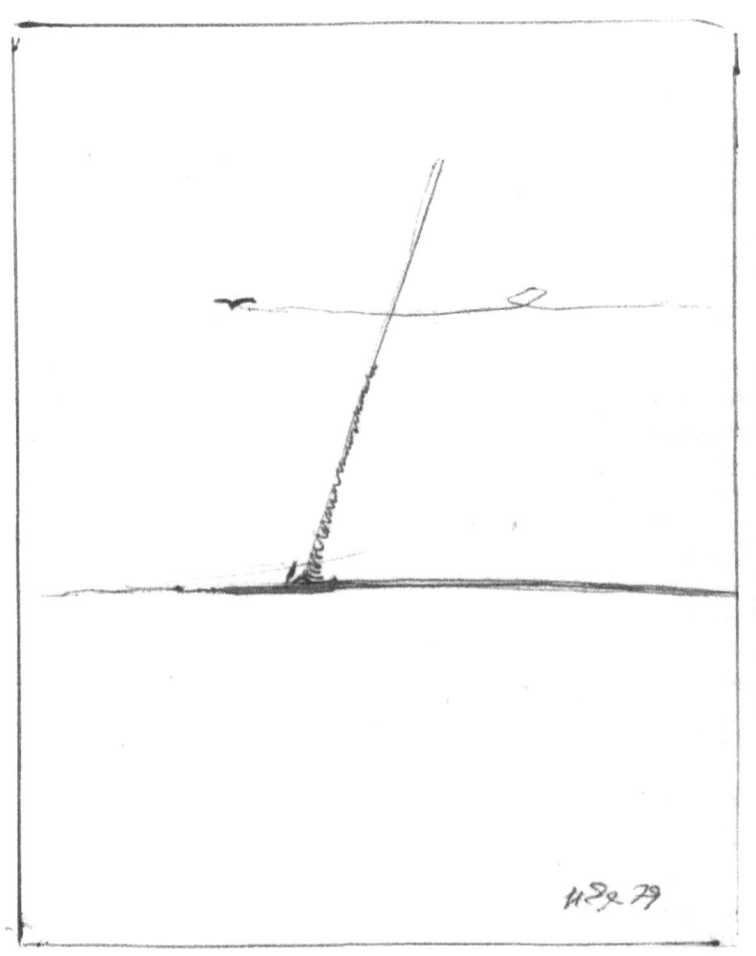

Die weiße Taube

Es war an einem leicht regnerischen Märztag. Wir waren dabei, einen nicht mehr benötigten Hundezwinger von einer entfernten Ecke des Hofes in die Nähe unseres Hauses zu transportieren. Zu diesem Zweck musste das Haus aus Holz, welches sehr solide gearbeitet war, auseinander genommen werden. Das Haus war an seiner Vorderseite mit Gitterstäben versehen. An seinem neuen Standort sollte es als Unterkunft für Goldfasanen dienen.

Wir waren gerade damit beschäftigt, das Haus, das bald eine Voliere sein würde, wieder zusammenzusetzen, als ein Taxi den Waldweg entlang kam, bis vor unser Haus fuhr und dort anhielt.

Dem Taxi entstieg eine Frau, der man unschwer ein hohes Alter ansehen konnte. Ohne uns zunächst zu beachten, ging sie auf das Haus zu. Sie musterte es, wie es schien, mit einem zärtlichen Blick.

Möglicherweise hatte sie uns auch nicht bemerkt, da wir im Schutz von dicht gewachsenen Holunderbüschen ihrem Blick fast verborgen waren.

Die Frau, die für ihr Alter einen erstaunlich aufrechten Gang hatte, kehrte zurück zum Taxi, nicht ohne sich noch einmal zu dem Haus umzudrehen, nickend, als bestätige sich ihr eine alte Vermutung.

In diesem Augenblick entschloss ich mich, zu ihr zu gehen, und sie nach dem Grund ihres Erscheinens zu fragen. Die Dame war mir nicht bekannt.

Sie stellte sich sehr höflich, mit einer festen Stimme vor. „Mein Name ist Frau von H." Auf meinen fragenden Blick fügte sie sogleich hinzu: „Ich habe früher hier gelebt. Das ist neunzig Jahre her. Ich wollte noch einmal das Haus meiner Kindheit sehen. Mein Vater hat dieses Haus erbaut."

Ich sagte ihr nicht, dass dieses Gebäude bereits einige hundert Jahre stünde, es also nicht gut von ihrem Vater erbaut sein konnte.

Ich meinte, ihr nicht unnötigerweise eine Kindheitserinnerung zerstören zu sollen. Wieder sah ich, wie ihre Augen liebevoll über die Steine des alten Gebäudes glitten.

„Die schöne alte Treppe ist auch noch da", sagte sie. Sie konnte nicht wissen, dass wir diese Treppe erst gemauert hatten. Nichts hatte an dieser Stelle auf eine einmal vorhandene Treppe gedeutet. Sie war aus Bruchsteinen eines nahe gelegenen Steinbruchs gefertigt. Holprig und alt wirkend, aber eben neu.

Mich begann der unerwartete Gast zu interessieren, und ich bot der alten Dame an, sich in Ruhe umzuschauen, was sie freudig annahm. Schon wieder ging ein glückliches Lächeln über ihr Gesicht, während wir uns dem Garten näherten. Mit der ausgestreckten Hand wies sie auf zwei Pfeiler, deren obere Enden sich pyramidenförmig zuspitzen.

„Auch die Pfeiler stehen noch an genau derselben Stelle!" rief sie freudig erregt. Wiederum konnte sie nicht wissen, dass wir sie erst vor einem Jahr dorthin gesetzt hatten. Aber ich sagte auch hierzu nichts.

„Und hier stand der Kirschbaum, dort die Rose, auch die Hecke ist noch da!" Erinnerungen nahmen von ihr Besitz, das konnte ich fühlen.

Die Begegnung mit ihrer so weit zurückliegenden Vergangenheit stimmte sie wohl auch wehmütig. Warum sollte ich ihr erzählen, wie wir diesen Besitz vorgefunden hatten? Das Haus verwahrlost, die Türen und Fenster zerstört. Keine Blume und kein Obstbaum. Nur Brennnesseln und Disteln.

Dennoch war von diesem Platz eine eigenartige Faszination auf uns übergesprungen. Er hatte uns erwählt.

Dankend verabschiedete sich die alte Dame. Sie hatte Tränen in den Augen.

Inzwischen war der ehemalige Hundezwinger an seinem neuen Platz unter dem Holunderbusch aufgestellt. Aus dem Kloster auf dem Berg, ganz in unserer Nähe, mit seinem wunderschönen

Kreuzgang, in dessen Geviert Goldfasanen lebten, durften wir uns einen jungen Hahn und zwei Hennen fangen. Wir brachten sie in ihre neue Behausung, die wir mit Zweigen und einem weichen Strohbelag ausgestattet hatten.

Es ging auf Pfingsten zu. Die Kirschen hatten geblüht. Die Pfingstrosen brachen in diesem Jahr erstmals termingerecht in Blüten aus. Das noch junge Grün der Roterlen und Weiden am Flussufer bot bereits Schutz vor neugierigen Blicken.

Dennoch sah ich eines sonnigen Nachmittags zwei Frauen auf der anderen Seite des Flüsschens stehen, welches die Begrenzung unseres Anwesens bildet. Sie wiesen mit der Hand auf unser Haus und unterhielten sich offenbar angeregt über den Gegenstand, dem sie ihre volle Aufmerksamkeit schenkten.

Es dauerte nicht lange, bis sie, immer noch in ihr Gespräch vertieft, bei unserem Hof angelangt waren. Ein Wanderweg führt dicht an unseren Gebäuden vorbei.

Als die beiden jungen Frauen, sie mochten etwa Ende zwanzig sein, mich sahen, unterbrachen sie ihre Unterhaltung. Die eine von ihnen war etwas kleiner und war mir bereits als die lebhaftere von beiden aufgefallen. Ihre Ausdrucksweise war äußerst gestenreich, das hatte ich schon durch die Lücken im Bewuchs des Flussufers erkennen können. Diese war es auch, die auf mich zutrat mit den Worten: „Schön haben Sie es hier. Ein richtiges Paradies." Ich nickte. Wohl weil ich nichts weiter sagte, fuhr sie fort: „Auch die Tiere leben hier wie im Paradies. Die Gänse, Enten, Hühner, Schafe, Pferde, Schweine ."

Als sie beim Aufzählen bei der letzten Spezies angelangt war, unterbrach ich, leicht verstört: „Aber wir haben keine Schweine!" Nun war die Reihe an ihr, mich verwundert anzusehen.

„Nein, wirklich nicht? Aber ich habe sie eben doch ganz deutlich gesehen vom anderen Flussufer!" Ich musste bedauern und auf einen Irrtum ihrerseits hinweisen.

Immer noch äußerst freundlich, auch ihre Begleiterin, die sich unsere Unterhaltung angehört hatte, ohne etwas zu sagen, wollten die beiden sich offenbar verabschieden. Ich hatte den suchenden Blick der größeren Frau, die unablässig lächelte, indessen wohl bemerkt und wollte sie nach den mich irritierenden Bemerkungen nicht einfach ziehen lassen. Ich versuchte deshalb, das Gespräch noch einmal aufzunehmen. Nun beteiligten sich beide Besucherinnen daran. Ihre Freundlichkeit war außergewöhnlich. Plötzlich sagte die kleinere: „Ich habe hier einmal gelebt."

Diese Aussage wäre nicht weiter bemerkenswert gewesen, wenn mir nicht sofort bewusst geworden wäre, dass es unmöglich stimmen konnte, da wir die Vorbesitzer dieses Anwesens kannten, zumindest über einen Zeitraum, der dem Lebensalter dieser jungen Frau entsprach. Trotzdem fragte ich, wann das denn gewesen sei. Sie machte eine Handbewegung, die einen nicht messbaren Raum umschrieb. Sie umspannte mit dieser Geste Gebäude, Boden, Bäume, Tiere und - so kam es mir vor - Zeit. Nicht eine bestimmte Zeit, sondern *die* Zeit. Ich widersprach nicht und erwarb mir dadurch wohl ihr Vertrauen.

Die beiden waren ausgerüstet zu einer Wanderung. Sie trugen Rucksäcke auf dem Rücken und feste Wanderschuhe an den Füßen. Einen Gegenstand konnte ich nicht in meine Erfahrungswelt einordnen. Die größere, ruhigere Frau trug diesen in einem Futteral aus weichem Leder, welches an einer Kordel ihr quer über der Schulter hing, etwa wie einen Regenschirm.

Was mochte darin stecken? Er war länglich und sehr flach, so dass sich die Assoziation von einem Schwert in der Scheide aufdrängte. Da unsere Unterhaltung bis zu diesem Augenblick sehr offen verlaufen war, obwohl es doch einige Punkte darin gab, die mir befremdlich erschienen, an deren Wahrheitsgehalt ich aber keinen Zweifel hatte aufkommen lassen, fragte ich sie nun nach diesem mir geheimnisvoll erscheinenden Gegenstand.

Ein kurzes Zögern, ein Blickeaustauschen zwischen den beiden. Dann nahm die Größere das Futteral von der Schulter, gab es der Kleineren mit, wie mir schien, einer feierlichen Gebärde. Diese sah mich noch einmal kurz und prüfend an, ehe sie ein schmales, glattes, feingemasertes Holzstück in einer ungewöhnlichen hellrosa-hellbraunen Farbnuancierung hervorzog. Das obere Ende des flachen Holzes war durchbohrt. Eine feine Schnur, die mehrfach mit Knoten versehen war, war durch das Loch gezogen. Das zu einer vollkommenen Ebenmäßigkeit bearbeitete Holz hing an der Schnur wie ein Pendel.

Beide Frauen sahen diesen Gegenstand ehrfürchtig an. Auch in mir erzeugte er eine eigenartige Spannung, schon seiner Schönheit wegen. Ich sah sie fragend an. „Es ist ein Schwurholz. Ein Kuhgegenstand der australischen Eingeborenen." Ich begriff oder meinte zu begreifen, als sie erklärend hinzusetzten: „Mit ihm erkennen die Aborigines verborgene Wasserstellen. Wenn sie ihn über ein Stück Land kreisen lassen, intensivieren sie die Hellkräfte der Natur, die dort schlummern."

Was nun folgte, war seltsam. Wir verabschiedeten uns, ohne uns im üblichen Sinne zu verabschieden. Die beiden gingen, als setzten sie ihren Weg einfach fort. Als hätte es für sie gar keine Unterbrechung gegeben. Ich sah sie den Hang hinaufgehen zwischen den Obstbäumen und die Wiesen durchqueren. Ich sah, wie eine der anderen das Holz gab, wie sie sich wortlos zunickten und im Gehen damit kreisende Bewegungen ausführten. Sie blickten sich nicht um.

In diesem Sommer war die Ernte besonders reich. Die Blumen, so wollte es mir scheinen, blühten mit einer nie zuvor gekannten Fülle und Farbenpracht. Die Wiesen waren grüner, und die Vielfalt der Gräser hatte sich auf unerklärliche Weise vermehrt. Die Tiere wuchsen zu besonderer Schönheit heran.

Alle unsere Tiere lebten im Freien, in der ihnen gemäßen Freiheit. Es gab nur eine Ausnahme. Die Paradiesvögel. Zwar hatten sie sich inzwischen eingerichtet in ihrem Haus und erwarteten mich, wenn ich ihnen allmorgendlich ihr Futter brachte. Dennoch - ich konnte mich bei ihrem Anblick nie eines traurigen Gefühls erwehren. Gefangene Schönheit vermag das Herz nicht zu erfreuen.

Der Herbst kam. Die Blätter färbten sich. Bunt wie das Gefieder des Goldfasans leuchteten die herbstlichen Farben in der nun tiefer stehenden Sonne. Auch die Obstbäume trugen in diesem Jahr überreiche Frucht. Eines Tages, es war Ende Oktober, kam ein Mann zu uns, der sagte, er habe gehört, wir hätten Arbeit für ihn. Der Mann war von kräftiger Statur, war braungebrannt, hatte volles, schwarzes Haar und trug einen Vollbart. Nun gibt es zwar bei uns immer reichlich zu tun. Doch hatten wir zu keiner Zeit und an keiner Stelle nach einer Arbeitskraft verlangt. Da er jedoch vertrauenerweckend wirkte und zudem seine Körperkraft ihm deutlich anzusehen war, beschlossen wir, seine Bitte nicht abzuschlagen. Nun verriet er uns, dass er gelernter Maurer sei. Das kam uns gerade recht. Denn ein starker Frühjahrssturm hatte uns eine mächtige Pappel mit ihren Wurzeln umgerissen und dabei eine dicke Mauer zerstört.

Wir führten ihn zu dieser Stelle des Schadens und zeigten ihm die etwa zwei Meter hohe und fast ein Meter dicke Bruchsteinmauer. Diese steht am Ufer des Baches, der an unseren Wiesen entlangfließt und schützt eine höher gelegene Wasserzuführung zu einem Forellenteich. Jetzt im Herbst führte der Bach nicht allzu viel Wasser. Aber im Frühjahr mit den Schmelzwassern schwillt er meist zu einem reißenden Wildwasser an. Sachkundig betrachtete der Mann die Mauer.

„Seltsam", murmelte er, „in dieser Art haben die Römer gemauert." Wir sagten nichts dazu und überließen ihn seiner Aufgabe. Er war ein versonnener Bursche, der selten sprach. Wenn man ihm einmal zusah bei seiner Arbeit, hatte man das Gefühl, er spräche mit den Steinen. Er drehte und wendete sie viele Male in der

Hand, legte sie wieder beiseite, um einen anderen, passenderen Stein für die Lücke in seinem Bauwerk zu finden. Er arbeitete still und beständig, und am Ende stand die Mauer. Nur die etwas helleren Fugen ließen das Ausmaß der einstigen Beschädigung erkennen.

Der entwurzelte Baum lag daneben. Wir hatten noch keine Zeit gehabt, ihn fortzuschaffen. Und was nicht zu erwarten gewesen wäre, passierte. Der Baum war nicht verdorrt und gestorben. Vielmehr hatten sich seine Äste aufgerichtet, hatten Blätter getrieben und waren so stark gewachsen, dass sie schon selbst wie junge Bäume aussahen.

Wir bedankten uns bei dem freundlichen Mann für seine Arbeit, die von wirklicher Meisterschaft zeugte. Er lächelte. Beim Abschied sagte er: „In Ihrem Haus ist ein Gewölbekeller, den habe ich gemauert. Ganz ohne Mörtel, Stein auf Stein bis zum fertigen Gewölbe. Nur gesteckt und eingepasst, jeder einzelne mit der Hand behauen. Eine solche Arbeit überdauert."

Er ging fort, so wie er gekommen war.

Damals hatten wir von der Existenz eines Kellers noch keine Ahnung. Wir hielten den guten Mann für etwas sonderlich. Wie auch sollte er an einem Gewölbe gemauert haben unter einem Haus, welches bereits mehrere hundert Jahre stand.

Einige Jahre später mussten wir an einer Außenwand unseres Hauses eine Öffnung durchbrechen. Als der Presslufthammer plötzlich ins Leere stieß, erinnerten wir uns beklommenen Herzens unseres Maurermeisters und seiner Rede von einem Keller. Der Schein der Taschenlampe geisterte durch einen tiefschwarzen Raum, dessen Decke ein sorgfältig gemauertes Gewölbe war.

Jenes Jahr, das so sonderbar begonnen hatte, sollte auch nicht wie üblich zu Ende gehen. Über Nacht war Schnee gefallen. Und wie stets, wenn ich Landschaften in dieses alles versprechende Weiß getaucht sehe, überfiel mich eine tiefe Rührung. Zwischen zauberisch verwandelten Bäumen und Sträuchern ging ich zu dem

Fasanenhaus. Die Zweige des Holunderbusches hingen tief hinab auf das Dach, gebeugt unter der Last der Schneedecke. Doch nun wollte ich meinen Augen nicht trauen. Näher kommend bemerkte ich die offenstehende Tür der Voliere. „Meine Paradiesvögel sind fort", dachte ich nur. Ich war noch einige Schritte entfernt. Das schwarze Gitter und das offene Tor wirkten doppelt düster in der weißen Umgebung, die alle Konturen weich und sanft erscheinen ließ. Es war wie ein stiller Vorwurf.

Als ich noch einen Schritt näher an das Fasanenhaus herantrat, um mich endgültig davon zu überzeugen, ob die Fasanen fort seien oder sich nicht vielleicht doch in einen Winkel desselben zurückgezogen hätten, flog plötzlich dicht vor mir, direkt aus dem schwarzen Inneren, etwas Weißes davon. Ich erkannte eine weiße Taube.

Ich habe mit niemandem über dieses Ereignis gesprochen. Der Verlust unserer Paradiesvögel wurde mit Bedauern hingenommen. Als Erklärung diente das nachlässige Handhaben des Riegels und das Vorhandensein von Mardern und Füchsen im Wald. Ich ahnte, dass da andre Zusammenhänge von Bedeutung waren. Seit ich die weiße Taube davonfliegen sah.

Kollegenstimmen

Erzählungen wie diese von Ilka Scheidgen wirken wie Perlen auf einer Schnur, stehen miteinander in Verbindung, man muss auf beide zugleich sein Augenmerk richten, liest man doch in der einen Erzählung alle anderen mit. Es sind durchsichtige Perlen, die für die Durchsichtigkeit der Welt stehen, für die Fragen: Was ist Wirklichkeit? Was ist Zeit? In dem Ineinandergleiten der Ebenen liegt der Reiz dieser Erzählungen.

Zwischen den Realitätsebenen klafft nicht selten ein Riss, der sich plötzlich zu einem Abgrund öffnen kann. Dann ist jede Lebens Gewissheit verloren, der Tod wird zur letzten Sicherheit. Es ist aber auch der Verlust von Liebe, der tödliche Folgen haben kann. Liebe, Tod und Einsamkeit, mit wenigen, verhaltenen Sätzen unmittelbar ausgedrückt, kommen nicht immer als Negativbilder vor unser Auge. Die Vergangenheit, die überall lebendig geblieben ist, in jeder Figur erkennbar, erscheint nicht jedes Mal bedrohlich. Sie kann auch als Bereicherung wirken.

Selten liest man eine derart dichte, knappe Sprache, die sowohl Inneres und Äußeres, als auch Gegenwärtiges und Vergangenes beinah im selben Atemzug präsent machen kann. Selten auch dramaturgisch so sicher geführte Geschichten, die vom ersten Einstiegsatz an Aufmerksamkeit erzeugen.
Charlotte Christoff in der Literaturzeitschrift „Der Literat"

Die ruhige innere Gelassenheit (Besonnenheit) der Geschichten, auch da spürbar, wo es um Problematisches geht, halten Sie durch. Unsere gewöhnlichen Schrecken werden stets in einem zuversichtverströmenden Zauber aufgehoben, und dieses Friedenstiften bleibt doch schön rätselhaft, unerklärlich.
Gabriele Wohmann

Ihre Kurzgeschichten habe ich inzwischen mehrfach gelesen. Sie sind stark in der Fabel, überzeugend in der Dramaturgie, formal straff und gut lesbar. *Das 12. Photo* hat mich auch wegen des „Doppelschlusses" fasziniert. *Die grüne Frau* hat Exotik und Dichte. Bei *Zwillinge* wird Fiktion zur Realität. *Brotkrumen* hätte ich gern selbst geschrieben. Und *Seiner Hände Arbeit* lässt Einfaches groß und schön werden. Sie sind ein starkes Talent.
Josef Reding

Nachdem ich also vor ein paar Wochen vergeblich nach Ihren Büchern gesucht hatte, probierte ich es heute, nach unserem Gespräch, noch einmal. Ich räumte Bücher auf, die noch nicht ihren Platz gefunden hatten. Das heißt, ich nahm, ohne genauer hinzuschauen, alles, was herumlag, trug es ins Souterrain vor die Regale, fing an zu verteilen und hatte plötzlich Ihre Bücher in der Hand. Aber als ich das oben Herumliegende nach diesen Büchern durchsucht hatte, waren sie nicht dabei. Als ich ein paar von Ihren Geschichten gelesen hatte, habe ich mich über dieses Verschwinden und Wiederauftauchen nicht mehr gewundert. Schön unheimlich sind Ihre Geschichten. Und immer wieder so ernst, dass sie über alles Literarische hinausdrängen. Sie haben mich ernster gemacht, als ich jetzt ohnehin bin. Mit herzlichem Dank Ihr **Martin Walser**

Pressestimmen

Mystisch wirkt bei ihren Erzählungen der Einbruch von Geheimnisvollem und Wunderbarem in die reale Welt. Hierbei überlagern sich manchmal verschiedene Zeitebenen, Traum und Wirklichkeit Immer wieder taucht das Thema Tod in ihrem Werk auf. „Dies ist schon ein zentrales Thema für mich", erzählt die Autorin. Nicht nur das scheinbar Reale ist für sie Wirklichkeit Sie sucht in ihren Arbeiten nach den Dingen hinter-der sichtbaren Welt. Das Thema Tod ist für sie gleichzeitig die Frage nach dem Sinn des Lebens. Ihre Erzählungen beinhalten den Versuch, die Menschen für das Leben zu gewinnen. Es gibt für sie keine endgültige Antwort auf die Frage nach dem Sinn des Lebens. Für sie ist die Antwort ein „absichtsloses Sein", wie es die Mystiker propagierten. Man soll sich diesem Rätsel Leben einfach überlassen. „Ich will ihn für das Leben gewinnen. Weiß ich denn, was Leben ist?" Sie plädiert dafür, den Augenblick anzunehmen.

Autor Kurt Dörnemann lobt ihre Erzählungen als „ein neu gefundenes Zeichen des Glaubens für die Möglichkeit von Wundern auf (und in) dieser Welt".
Bernd Kehren in Kölnische Rundschau

Ilka Scheidgen macht auf den ersten Blick nicht den Eindruck, als würde sie an Übersinnliches, an die Existenz höherer Mächte glauben. Dennoch dringt Unwirkliches, Geheimnisvolles bei ihr immer wieder in den grauen Alltag ein - zumindest in ihren Erzählungen, die unter dem Titel „Die grüne Frau" erschienen sind. Ihre sorgfältige Art, mit der deutschen Sprache umzugehen, macht die Neuerscheinung ebenso lesenswert wie ihre Lyrik, die sich auch im Buchhandel gut verkauft.

Literaturpapst Marcel Reich-Ranicki muss der Erzählband wohl gefallen haben. Er schickte der Autorin eines seiner Bücher mit Widmung und bedankte sich für „Die grüne Frau".
Günter Hochgürtel in Kölner Stadt-Anzeiger

Ilka Scheidgen, eine philosophische Natur (sie zitiert aus Wittgensteins »Tractatus«) zeigt sich bestrebt, eine hintersinnige, mystische Botschaft in scheinbar einfachen Sätzen und Geschichten zu übermitteln.

Es geht der Autorin, die auch als Lyrikerin hervorgetreten ist, um etwas höchst Schwieriges: die ästhetische Erzeugung von Stille als Einweisung in eine Haltung, die es ermöglicht, Zeit und Tod nicht nur hinzunehmen, sondern dem Leben positiv anzuverwandeln. - Von persönlicher Erfahrung rasch ins Existentielle vordringen zu können, auch das scheint eine spezifische Chance, welche die erzählerischen Kurzformen bereithalten.

Professor Norbert Mennemeier – in Neues Rheinland

Wer sich mit den Erzählungen der Autorin befasst, entdeckt, dass hier jemand mit leisen Tönen, sparsamer Sprache, aber ausdrucksstark, den Leser packend, die Schwierigkeit, mit dem Leben, der Tod und der Liebe reflektiert. Die knappe, fast minimalistische Sprache erzeugt eine Intensität, der man sich nicht entziehen kann.

Ursula Dieckmann – (aus der Begründung zur Vergabe des **Kulturpreises des Kreises Euskirchen** in der Sparte Literatur)

"Es ist ernsthaft und ich mag es. Ausgezeichnet die Kürze, mit der Sie auskommen. Einig bin ich mit Ihnen in der Dennoch-Hoffnung", schrieb Dichter-Kollegin Hilde Domin an Ilka Scheidgen, und Peter Rühmkorf lobte "lauter kleine gestochene Wahrnehmungen". In ihren Büchern verarbeitet Ilka Scheidgen das Thema Verlust auf ihre eigene, immer lebensbejahende und sehr menschliche Weise. Artifizielle Schnörkelei ist der Lyrikerin fremd, und ihre Überzeugung, dass dem Menschen die persönliche Anstrengung nicht erspart bleibt, im Leben einen Sinn zu finden - und dass dieser Sinn sich nur im Zusammenleben mit anderen offenbart, trifft den Nerv der Zeit. – **Darmstädter Kulturnachrichten**